杨杰 著

贵州大学出版社
Guizhou University Press

图书在版编目（CIP）数据

同合．诗 / 杨杰著．-- 贵阳：贵州大学出版社，
2022.12

ISBN 978-7-5691-0683-1

Ⅰ．①同… Ⅱ．①杨… Ⅲ．①诗集－中国－当代
Ⅳ．① I227

中国版本图书馆 CIP 数据核字（2022）第 241281 号

同合·诗
TONOGHE·SHI

杨 杰 / 著

出 版 人：闵 军
责任编辑：赵广示 江 琼
责任校对：杨臻圆
装帧设计：沈钱利

出版发行：贵州大学出版社有限责任公司
　　　　　地址：贵阳市花溪区贵州大学北校区出版大楼
　　　　　邮编：550025　电话：0851-88291180
印　　刷：贵阳精彩数字印刷有限公司
开　　本：710 毫米 ×1000 毫米　1/16
印　　张：17
字　　数：234 千字
版　　次：2022 年 12 月第 1 版
印　　次：2023 年 3 月第 1 次印刷
书　　号：ISBN 978-7-5691-0683-1
定　　价：120.00 元（全两册）

序

"小兵"小语和他的"同合"小村庄

我确信，小语的每一首诗，都是他用脚步走出来的。

和小语认识可谓"因诗结缘"。2019年3月初，忽然收到来自贵州的一个名叫"小语"的人的短信，邀我去贵州参加"壮丽七十年、诗写新遵义"军旅诗人采风活动。我没有马上回复。一个星期后，他又发来参加人员名单和路线，这激起了我的兴趣。因为参加采风的人员均是来自不同兵种、不同战区的老中青军旅诗人、文化学者，大都是我的老朋友、老熟人，如马合省、刘立云、郭晓晔、王久辛、刘笑伟、李庆文等。更让我眼睛一亮的还有我北大作家班的学兄李发模及贵州年轻的诗人代表刘华、紫丁香、牧之。同样吸引我的还有这次活动安排的采风路线，"苟坝会议会址""娄山关战斗遗址""青杠坡战斗遗址"，这条故事满满的红色路线都是我想再去走走的地方，于是我愉快地答应了下来。

到达遵义，我们住进了位于遵义市播州区的苟坝，那是"毛泽东提着马灯走过的地方"。正是在这里，小语的热情和激情给我留下了最初的印象。后来得知这个执行力特强的小伙子原来也是一名军人。巧的是我1972年12月当兵，他正好在那一年的12月出生。也就是说，我的军龄正好是他的年龄。采风结束后，小语和我没断联系，组稿、催稿、收稿，一波接一波，最终在他和刘笑伟的努力下，这次采风的成果在《解放军报》以一个整版的面貌呈现，并产生了一定的反响。

之后小语也多次邀我去贵州，但都受工作、身体原因影响失约，不过，我们成了"微友"。

小语非常勤奋，他不知疲倦地为贵州那片热土书写和讴歌。

隔着手机屏，我会不时看到他组织全国各地的诗人到贵州去采风，为贵州歌赞。在他的感召下，全国各地有那么多人都不远千里跑到贵州去参加他组织的活动。他发起的一次次活动，真的感召过很多人，在没有得到政府任何资金支持的情况下，他和他的团队四处"化缘"，居然成就了"长诗书写脱贫攻坚大英雄"20部、"诗画贵州古镇"20部等。这个举动在全国都是绝无仅有的。

前年我患眼疾，不能久看手机。但每次打开手机，就会在微信朋友圈中看到小语的踪迹，尤其是他写的"村事"系列，那是他到贵州一个乡村去当"第一书记"的日常记录。他从驻村第一天开始，就以行走的方式写作。我几乎每天都能读到他记述的村里的喜事、善事、好事、奇事，而最让人惊奇的是他每天早上7点左右就会发出一首小诗。时光飞逝，已有"村事四百"。不能说每首诗都好，但也颇有些耐读的，让人品味再三。

每一个人的创作都有盛产期。小语这次在基层一线的体验式写作应该是迄今为止他创作生涯的最高峰值，像刊发于《人民文学》的这首《种玉米》：

我每天做着把石头赶上天空的事
玉米高粱薏仁稻穗也赶上天空

我试着在腾空的土地上平整一个晒场
将所有春天有棱有角地整饬
让鸟儿们盯着丰稔丰满
与丰收跃跃欲试

最后是我先跃跃欲试
我把山村的每一个细胞
灵动成一群鹭鸶
白白净净地飞出曲线

在山里看见的熟透玉米翻着跟斗
一招一式也如此新鲜
如天空的湛蓝
在老奶奶手上穿梭
染色岁月金灿灿

　　这首诗的画面感和律动感都很强，足见小语的观察力和表达力。没有真正亲近过土地和乡村的人，是写不出这样的诗句的。如不面壁苦吟，写出来的文字，也不会有这般泥土香。

　　但让我感动的，不光是小语的诗，更让我感佩的，是他写作和工作两不误，硬是带领村民把一个最后脱贫的深度二类贫困村，打造成了国家级AAA景区，让那里每天游人如织。也许，这些就是小语的创作源泉和灵感来源。

　　诗的桂冠在生活的最高处。正因为小语对一线民情悲欢的了解越来越深入，他写出的大山乡村人外出务工的诗，也满满都是地气和人气。如他刊发于《广州文艺》的《我在大山里看见海边的亲人》：

初冬的雨压于薄被
我感觉只要侧身就有冻
寒冰而至，排山倒海

快入冬了
我选择排斥任何一丝异样

包括房间的温度
我坚持用自己焐热的体温撑开季节
我早起夜走
也许顺风顺水，也许逆流成河

天象总是怪怪的
如这株温柔的枫树把自己染得通红
情怀在暗处

向山顶攀爬时见到这株小树
我蹀跞，还未正式入冬呢
大高寨的桃花就和雾一样
开得如此闲庭
还听见海风拂面，那里有我的另一位亲人
他们都叫一个名字：广州，广州

想说的话很多，言不尽意。由衷地点赞这位把诗行写
在基层一线的"小兵"，也欣喜地祝贺小语的诗集《同合》
出版。
是为序。

乔良
2023 年 2 月 23 日于北京

（作者系著名作家、空军退役少将、国防大学教授）

目录

上篇 "村事" 帖

第一章　面对撂荒的土地

下篇 "时光"雨

第七章 春意：写给白玉兰的情诗

第八章　夏风：花的梯田

第九章　秋景：我是那个在故乡小溪里裸游的山娃

上篇

『村事』帖

壹

第一章

面对撂荒的土地

眼　睛

山里的孩子与星星一起跳绳
无拘无束地跳得高高的
可她还想跳得更高
去帮星星扎辫子，一起讲述
村里的夜晚是多么宁静

写给一棵枝叶茂盛的香樟树

一棵香樟树长了五十年
皮老而不衰，反而
越长越有精气神
它说，在最偏远的麻山腹地
见证了一家子
从摇摇欲坠的小屋变成漂漂亮亮的新房

一声惊恐
主人说想把那棵香樟树砍了
它挡住了晒苞谷的太阳，我说
"别砍，我来帮忙抬，秋天到向阳处去晒"

树可能没听见
我却是乐乐呵呵
树一语不发
树，帮忙记录下了这些上扬的时光

憧　憬

照见自己在电视机的背后
或多或少有些苍老

镜子很小
故意照不出我特别携带的一双叫不出名字的皮鞋

带一双皮鞋来驻村，我是有些激动和憧憬的
有出征的仪式感和闯劲

其实我一直不喜欢皮鞋
我喜欢白网鞋的童年
解放鞋的军旅
运动鞋的青春追赶

所以我一直想忘记这些穿过的鞋子
有的适脚
有的勉勉强强陪着我

这次，可能下乡穿得最多的又是解放鞋了
这耐磨的皮革与帆布粘贴
万一，让我年轻一点点呢

良　田

常常想起你少得可怜的温柔
你最美的样子在硬硬的泥沙上
像水泥一样凝固
我们一起回望乡愁的炊烟

我们与寒冬时节的草坪一样平躺
我们聆听溪水如鸟鸣
村口河流的水声最是清脆

星辰高挂的夜晚没有一个人
会注意你我
那晚的枫叶枯成冷枝抽打你我
我所有的热度
朝着一方良田的干裂灌溉

良田没被撂荒
我承认我是被你的秧禾烧开的
我们在酒的杯沿走得清醒
所以有太多太多的故事洒落月下
或被我们自己拾起，或封存
等着稔熟秋收

我孤独地踩着晨曦出门

一个雨季与三伏趑走
夏天的烈焰写在路两旁

也许是走的人少了
也许是路也执念它曾经的阡陌
一笼笼杂草裹着月光和雨露
滋养蛙鸣或村子的鸡鸣犬吠

我孤独地踩着晨曦出门
如果不是因左膝的隐隐作痛
我都忘了自己是有痛风的人
我似乎忘了疼痛
也许吧，连痛风也不敢轻取我
进寨入户的宝贵时光

村里的小路写着我对时光白驹过隙的在意
我努力不浪费自己
我给点点滴滴之酸楚抹了药
我更加学会了欣赏曾经的敝帚自珍
当然，最美的依然是赞美
尽管阡陌之往昔有过无数的狭窄

与汗水对话

喜欢这样的汗滴
直指蓝色天穹
让丰收的金黄与鱼塘的乳白交汇
渗出秋天

驻村后，汗水汁液越发灵动
在村子的墙上构思幅幅美景

常常，我披着墙面和图画奔跑
山，疯狂地甩开臂膀给我拥抱

山村的万物
有了希冀的风雷之后
与汗与水与山与路对话时
用悄悄话告诉我
老李家的水管漏了
老陈家的孩子可能面临辍学了
小高寨卖猪崽的商贩忘了收走垃圾

对话自己的悄悄话如稔熟的苞谷
成我干活过后的诗纪
早跑的顿悟

这些都是与汗水无休止对话的素材
是逼着我读书学习的泥土
是五分钟的停足
是擦擦汗水又出发的光景

最难忘这双解放鞋

夏天的山路上常常见到蛇
各种各样的花花绿绿的蛇
有毒无毒的大大小小的蛇
通人性的，敬重人类的，反击人类的
悄悄咪咪的，大张旗鼓的，神出鬼没的
爬满泥泞

这双两岁的草鞋穿的次数并不多
我觉得是将自己的脸谱画于草绳上
把诸多的不足给路人讥笑

草鞋走过的逶迤与苦楚也会转身回望
最该反省的是自己

两年的鱼儿裸肥
两年的枫叶红过深秋
两年的半拉子事有过掩盖
两年的风餐露宿从会场赶到鱼塘
两年像一本书被翻得稀里哗啦
两年是风斗簸出人生路漫漫
两年给自己一声唏嘘

让草绳扎紧时光
鞋还是鞋，我老了两岁

雾里枫叶让我看见贫困的症结

是百姓的事儿让我急于表述
字幕在胸中燃烧
激烈是因为"两不愁三保障"连心乡亲
揪心是因为"饮水安全"挂于内心

百姓之事如眼前灵动的枫叶
有一气呵成和一定能成的冲动

枫叶告诉我
贫困是环境与岁月留下的顽疾
甚至有胆汁反流、疮疤瘙痒等症结
是一个村子躬身的全部味道
骨髓，大山，厚土，民生
辣辣酸酸

天还未完全亮开
浓雾继续沉重
压着村里的篮球场
我的乡亲继续守望宅心仁厚
万物呼吸困难
我已听见孩童的笑声拍醒山川的晨读
冒号，逗号，惊叹号，省略号
小道嘻嘻，枫叶稀稀

村里的周末，我轻轻取下泥做的面具

其实村里没有周末
总感觉如果不是因为驻村的同志要回一次家
村里的干部就好像不知道休息
每天周而复始
每日不知落日

山里的秋总是内心拒绝冬日
哪怕浓雾之后有一丁点儿阳光
山也骄傲，山说
闲暇时偶尔赞誉一下自己的背
背面之水如月光洒金

村里的月光不怕惊吓
什么也不怕，面具是泥土做的
是烈火和青冈炭烧铁的固件
没有畏惧被酸雨腐蚀的前科

于是，我关上灯
轻轻取下糯泥做的面具

下雪了也不冷

半个月前我写的那首诗标题是
《想雪不冷》
所以，今天如此茂密的狂雪
我坚持孑然行走

喜欢雪花挤着雪花的样子
与身体温暖地对话
满天繁星飞舞于我红色的风衣之上

下雪也不冷，可赞美雪花的词却已穷
如那岁月痕迹的证书堆放满屋
符号略略有浅尝辄止之暗淡

呐喊，融化，雪人，意象
被大地舀成一汪回归土地的清泉
雪大了，雪花张开了歌喉

我的钥匙丢在了山里

山门敲了很久,门被雾锁紧
门待开,或
门真正打开时已是正午,烈日灼心
我的钥匙丢在了山里

不知道是何时丢的
一滴阳光与汗迹斑驳的五味杂陈
如一盘素素的春光失去膻味

我灰溜溜地看着村舍
村外也是大山
幸好有阳光
所以,我能听见老乡家冬日的米酒
与布依山歌的旋律

我用眼神一次次撬我的门锁
我把生硬的词塞进锁心
此时,起了雾
那些写着江湖厚颜无耻的典故
都像雾,我饥饿时吞噬雾

是的,就一把钥匙可以锁住饥饿与冰冷
我渴了,我揪住大山的乳房吮吸
我后悔我无数次显摆过自己的年少轻狂

我只在松动的泥土里种下春天

因为一腔颜值在心中楼阁的灯火阑珊处
越来越懂，他乡已是故乡
所以，有雾的早晨就显得特别孤寂
也扑朔迷离

冷酷的冬天容易让人滋生浓郁与狂傲
所以，我只在松动的泥土里种下春天
我渴盼着嫩绿，嫩芽，嫩草
一切嫩如白纸

当然，雾也许是跨年之后的另一村事
是起得早早的浓稠
知道播种和开荒

坏消息

村里的夜晚被思绪挤得很碎
仅有的缝隙
本该装着落日通红与潋滟霞光

村里丰盈的青冈林演绎冬日最蓝
如我看见的坚挺之松紧靠山脊
山脊上泥土敦厚

留痕的记事本写着大海悲喜
不论山那边吹来的消息是好是坏
眼前这一丝丝绿与兰香
依然满怀生命迹象

过一座"坏消息"的桥
让"新冠"疾风迅雷地走开
我的诗画同合
连着对春天的无限遐想

一种颜色的雪让人孤寂

春雪提着一块腊肉
烟火气爆棚
摇摇晃晃地在村道上滑翔

村里的雪花像酒，一点也不豁达
待在瓶里等待酩酊大醉
再回望口若悬河的光芒
也因雪最后化成了水而欣喜若狂

初春与矜持之外的光环
舞雪成花
盖住高原湖泊所有的光
将我走得洒脱的羊肠小道铺白

村里的皑皑素心与银装素裹
胖胖的样子照见狭隘天空
将我之胸襟磨成一根针尖，我很细
被误读成一种颜色的雪
让人孤寂

村里电子琴的按键上藏着心事

我是一粒粒尘埃
轻轻站在村里闲置的电子琴上
也许是按键上心事太多
我清了清嗓子
电子琴依然沉默

我将曲谱搁放于琴
我读书写字
那些文字的罅隙发出了光亮和声响

我相信音乐的情不自禁
尤其是指尖不停地前后移动时
刚刚好割断一些烦恼

蛙 声

芒种之后的蛙
喉如苍穹
蛙鸣涛声阵阵
集结孤寂

听着村里的蛙声
旷野，虫草或青蛇
皆成一种意象

响亮到可怕的蛙让村夜蛇身腹地
真的，一个人驻守后
星星好像渐行渐远，躲着我的文字
反而是那些陌生的狗叫成了骨架天体
像村落在前进时的鸣笛

有些事情真就是这样
做伴的窗棂说
蛙声总想感动别人
但到最后才发现只是感动了自己

我和干裂的土地一起等一场秋雨

秋老虎被白昼平均的秋分围猎
山里干裂的土地可以装下虎爪

秋雨那三分之寒与薄面
与灰粒尘埃皆不言而喻，也许
刚刚好填充了风的记忆
水洒开了个头就小了
或管，或通道，也有点小

我和干裂的土地一起渴盼
哪怕就一小滴水
也要洒进泥土，泥土不贪婪

泥土里的万物与格桑花，或其他
终于等来了雨滴
蠢蠢欲动，萌动，松动

等一场秋雨或多或少有些长久

晒天，离泥土最近的名字有故事

最小的稻香可以飞起来
轻轻舒展时汇成一层薄薄的竹篾匠心
晒秋，晒麦，晒椒，晒花生，晒葵花
晒。显山的绝技与柔情

这些都只是"用途"
"用途"即有用之途

我的乡亲赐给它的名字除有意境和张力外
更是心胸之开阔与豁达
叫"晒天"
装下宇宙的气场

"晒天"是大诗意境
"晒天"之性格像一碗冰粉
测温与测量收成，还测人心人情
与民心民意

明亮的村庄

野草那么饥荒地生长
我窗外的初秋有雨
折叠村落翠翠

与雨滴共享窗外的初秋是美事
如蝉鸣放出的贪婪眼神
顺着叶子的小确幸，按开灯光

我的村庄明亮了
露出了明天村落的想象
与亭亭玉立之梦呓
被秋雨素描得绵性十足

村里的初雪

村里的初雪如我手中的胖菜薹
与嫩嫩风摆
号啕一个冬季
执念着，静等皑皑

都说瑞雪兆丰年
我与喂养的山雀儿纵身一跳
翻过村庄的除夕
与桃花李花油菜花一起
沉浸于泥土之胸膛
躬行，守望，争春及其他

伴着瑞雪
开启新春轻盈飘飞的梦

我在哭泣一个荒诞的干旱

牙齿选择青春般从牙坟头长尽头牙
野兽一样生长
于是，我在米粒里挣脱
将粗糙磨成精细再磨成浆
填补山之孤寂

走亲是孤寂的解药
如与一粒米双目对视成最好文案
躺卧自由
我继续执念于乡亲的手
手温酱香，53度
攀爬于唇齿间
听风朗诵山水有福有灵有泉
听民意赞誉大同合众
声响有苡有薷有菜有糯

瘦瘦冬季山枯了水枯了
逼我哭泣一个荒诞的干旱
懂者有亲耕良田的加持
而世间总是看戏的酒多
也许，都是在闭着嘴在说话

雨水，好日子及其他

我选择安静自己的舞台
做好听雨的准备
祭奠一个被枯冬蹂躏的乡村

山里的桃花李花先立春
我是老支书喂养的鲈鱼鲟鱼
期盼在水里读一本清思逸
等雨，悦己于新

我知道春天过后山溪会抬高
还知道终究会被自己的头发抽打
直至毛发不留

手里这些"雨水"递过来的味蕾啊
从柳条上滑下时
草长莺飞，新而不腥

第二章

风物 狗及其他

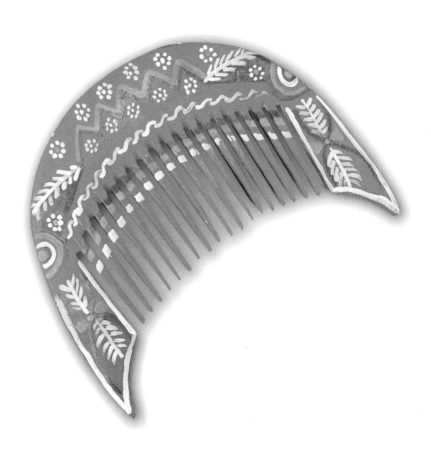

同 合

锦囊里有一封家书
让我的思绪回到唐朝

南明河里的独木漂有报竹之意
去驻村肯定有诸多征战沙场的回响
如这蓝得柔情的天空
猛一抬头就能看见希望

今晚还要继续下暴雨不？

云说，不会
路说，不会
我的小小村落说，偶有小雨滴答
方为"同合"也

芒种，有雨喂饱昨晚的蛙鸣

山村的夜太浓郁
飞蛾也浓郁
一个劲儿地朝着灯光处闯
直到茕茕孑立，或粉身碎骨

看见昨夜的飞蛾
我知道孤寂的村子装满苦涩
我知道今晨一定有雨
我知道有芒的麦子等着收成
我知道有芒的稻子快要播下

就用这把椅子和十天前买的那张桌子
把自己定格此地吧
陪伴准时到来的芒种和雨滴

五月的节令啊
有雨喂饱昨晚的蛙鸣
雨填满村庄的河流
雨摇曳路边开放的野花
雨，是布依阿爸牵着的耕牛
倒影，炊烟，秧禾，遐想
浓墨重彩

风物会慢慢站起来报它的名字

从苗家阿妹和布依阿妈口里说出
有些花儿的名字或多或少有些拗口
如山里的风物

鉴于我词穷与见识之浅
亟待摸索，丝丝
与道与理与秉性与脉络与花开之季

我相信时间的沉淀
我期盼所有的棱角会慢慢自圆
触类旁通之功也会慢慢修成

我还自信
风物会站起来报它自己的姓名
待我们它们熟透之后

马儿杆的双腿夹着火

湖泊的港湾长满青翠
很弯，可以钩住春天的花蕊

野火是燃烧的
大山久旱的私缝处终有一丝绿
在等滋养

靠近春天的太阳很肥
已经有越来越嫩绿的迹象
初春意象的逶迤背后尽管有光
路，仍需自己走
弯弯拐拐多如牛毛
是时间的构造体

老祖宗的话说话算话
哲理也许在预言
不中听，刺痛言而无信之人绰绰有余
坚守坚持的渡劫者厚积薄发

大山的每一处景致都真实
即使被寒冬冷出了灰
也不会因真因诚被钉入羞辱

眼前这株坚挺的野草叫马儿杆
再卑微的马儿杆
双腿也夹着火
也燃烧出良知的亮光

蛙趣是我在夏日秧田里的独酌

就是喜欢你不喜欢我的样子
随时举着一把菜刀
砍尽我的烈焰

在你屠刀下的我
常常像条乖顺的鱼儿
心无旁骛

而更多的时候
你就是我抱着睡熟的秧禾
别反对和嘲笑我的蛙趣
我的蛙趣是我在夏日秧田里的独酌
或在谷草里独享的那片舟楫

荷花梦

如果明年的今天，这里
是三百亩荷花
峡谷是绿肥红瘦
你就可以抬着你的亭子
油纸伞，与我的蝉鸣蛙语对歌

至于小溪
因为太清澈
有鱼与否，你问鱼
我只做烈日下灼心的梦
可以培植荷花与睡莲的梦
出淤泥而不染

我期待你嘴角上翘时高过我的村庄

我住村里是真实的
不用质疑的真实
也略略浮躁
如这闷闷之夏夜

我把六月当成一碗冰粉
我用红糖冰粉的平面照自己这张老脸
我说了很多话
依然遇见这微亮的碗口在内卷
我无九宫格之特效
对着自己的碗影笑一阵
就成了苦糖水

也如一句小小小小的承诺
也许也许我会忘
而听者会当成期翼，我明白
听者会在时间的前夜
来，或怎么来
舀走兑现的嘴角

于是，我更明白我为什么来
我总期待百姓的一张张嘴角上翘
百姓嘴角上翘时高过我的村庄

糯 豆

斑斓在一粒糯豆里欲言又止
本心的无善无恶与糯糯
样子清纯
在一个本土的竹筲箕里还原

我用手里这根细线缝纫裂开的大山
锁住雾之筋骨
类似的痴人说梦是糯豆滑过喉咙
有异想天开之大悟

七月的缝隙刚刚好装下蝉鸣

蛇，青竹标，青蛇那印象
一定是我们之间最深刻眉留

故事是村里的风景与空气
从桥的天幕拉开
云，被揉成你想象的样子

此时此刻没有蛇
青蛇也没有
如这个七月的缝隙
刚刚好装下民宿的蝉鸣

在小高寨赶一次乡场就如读一遍乡音

你在何处拨动山谷的古琴及茶山
还有那妩媚的蝉鸣尖叫

我在同合拾起赶场天的兴奋
和米酒对视，诠释村事
云如蝉翼挡着星星

在小高寨赶一次乡场就如读一遍乡音
乡场之热闹总感觉糯糯如风
因我身在其中

还有那敦厚的山腰直直
被一辆夜车穿过
有云蒸霞蔚有丛林茂密
或马蹄声响

村里的芭蕉会歌唱

芭蕉用湿漉漉的正午联想葳蕤
芭蕉露出宽胸挡住雨滴

是这场芭蕉雨引起了初秋的缠缠绵绵
还有霞光万道
将世间黑白一分为二，或你或我

起雾时，我与山村并肩而站
听见芭蕉在雨中歌唱喜悦
那松弛的自由自在
全忘了汛期留下的细思极恐

遇见山村的芭蕉雨时
我一次次紧紧衣领和拳头
与沃土与山尖与鸟鸣
一次次捋着百姓交办的秋事

红 米

再拍一张红米的睡姿
红红火火一样的红
我就出发，以梦圆梦

梦见红米乳汁时我在村子里松土
我种出的红米贴于仓廪显眼处
滑滑地生长出春天
还要窖藏植物染的密封性
像一床暖被
听得见大山，耕牛和你我的呼吸

我在红米熬粥的红土地上行走
那厚厚土壤是家乡肥肥的唇
容我入睡时的幸福
马蹄疾疾，窃窃私语
喊一声"红军"
咬一口自己的血写下
"我要跟着红军走"

红米在唱歌
红米只对红红的土地高歌
红米高歌时满脸笃定

回村不堵的风景如人生另一车道

过完年的人都在回城
反向行者车道空旷
我要的是去山村

驻村年味儿如另一道风景

很速度，年前那些返乡追逐童乐的车水马龙
我行之于回城路上
归心不堵，也欢

除夕夜赶爹妈的年饭
搭末班车飞奔
团一次幸福之圆不易
风景好，一路彩灯照亮

年初四的阳光被礼花吐艳
我错峰前行
提前回城拾掇拾掇
管理孩子的寒假，自己也有作业
一路风景是年
欣喜与热闹叠加

逆行者总是在真实世界里打开银河
让辽阔的文字立体
倒影侧影也在嘴里怀孕
成了自己的心肝小景
我是一个敝帚自珍之人

孤寂路上享受另一类欢畅无限思绪
真的，想想美好
再远的路一点也不堵

受气包的年味儿畅如水晶温泉的水

把平时生气时唉人的话儿也积攒
用来过年
被念在嘴里做一"受气包"也是不易

温泉水不懒惰
流了整整一亿年
只等有缘相聚的丽景
醉一春事

受气包过年的味儿啊
刚刚好，畅如水晶温泉的水
缓缓温热，急急流淌

寨子里有一种"拖得长长"的夜音

就要入冬
在稼禾生命体征消失殆尽之后
寨子里多了一种"拖得长长"的夜音
怪声怪气
老支书说那叫"鬼拖歌",证明
将有白露与秋霜出没

我信乡言
但或多或少地在入乡随俗的语境里
我悄悄把门掩了一掩
我惊悚,哪怕就一只从稻草上飞来的螳螂
也会吓月亮一跳
再说还带有月光和秋霜的味蕾
湿漉漉的,开始冰凉

温水瓶里装着百姓的评语

我摇了一下温水瓶
只有半壶轻盈，还有半瓶沉重

温水瓶是我从老乡家的土坑上买回来的
老乡说土得掉渣
老乡说闲置了多年
老乡说不卖，送给我
我付了钱大大方方地将这个老瓶子带回了村

我的村舍离窗外的寒风特别近
相隔一层玻璃，每晚的风
不知疲倦地拍打窗棂
只需我伸手就摸得着凉意

我祷告这个具有历史感的温水瓶不要因年久而坏掉
它暖我行程，陪我暖村
还要告诉我老百姓真真实实的考评

帮乡亲卖红薯和小金橘时的眼神

云的脸颊刚好契合村落的底色
又一个没回家的周末
像天上灵动的云朵

我喜欢如此一乐一歌的存在
只是，在村里待太久
常把晚霞描写得土里土气

帮乡亲卖红薯和小金橘时的眼神
一半幸福感
一半乡亲腰包的"鼓感"
如美美村庄之菊花被点燃
有了骨感

见到壮观的火烧云
我猜想在初冬泄出太阳的背后
暗藏了更热烈的火光
有好有坏，有隐有显
当然也有褒贬不一

立冬，对话柿子树

柿子树说只给自己举手
只相信自己给自己举的手

立冬的温度从柔柔弱弱的太阳往下滑
柿子说，它是给冬天最暖色的红
或被正解，或被误读，皆随缘随性

柿子是褪色的晚秋印记
自己的外衣被风脱走
自己裸红成喜鹊的坚守者与陪伴者
却一言不发，依然

立冬还有一种说法
就是尊崇于内心之灵感
如我在山里看见紧握拳头的柿子
和它之与生俱来的秉性

夜深了，话也深了
我听见立冬后的柿子感叹
被别人举得高时恰有大大的风险
反而是贴着土地的温度
与举起的手温没有一点倾斜时
才稳稳妥妥

青冈籽

贴身挨着一缕初冬
青冈籽躺于簸箕里红光满面

阳光和青冈籽是同合的特产
挤着鸡鸣犬吠与坚实的溯源体
并向而行

也许是因为大山里的云特别厚
适宜青冈树的繁衍生息与季节更迭
我那滚动的青冈籽总是嘣嘣作响

我喜欢的青冈林大大方方
让出一条路映照黄家湾
湖面的灵动如刚刚梳妆完毕的晨曦
包括观景台上每一寸泥土的来龙去脉

赶　集

花儿亭亭玉立于塘边享受阳光
摇着从鱼儿那里学来的自由与摆动
水，墨香，心情，闲暇，倾慕融汇

格桑花在同合的日子开得潋滟
让塘边的鱼和云拥挤
做出压弯桥与村庄的架势
争着要去赶集，撒着娇

赶集是大山的特权
赶集这天的太阳或雨滴尤其热闹
人气让保洁员之劳心之苦
扎堆成了微笑

山富足了，驻村人喜上眉梢
思考到了永不随波逐流
还学会了在热闹与喧嚣过后盯着场子
左脑发呆，右眼神过滤留下的狼藉与雪花片片

又逢赶场的周三
我的小高寨特别兴奋
鸡鸣最知今日赶场
一直熙熙攘攘

端午节，如果回想

是大地母亲恩赐了群山的粽叶
一年四季苍翠
每一碗糯米都可以做成不分季节的绿粽

如果有一天我离开这里，回想
火星跳跃的撩人故事
最动情的一句话是老支书嘴里淌出的哲学

老支书说，给百姓的话儿要像这炕
即使面上的灰是一层苍老
轻轻刨开也要有火温

有火温的话儿能让家犬蜷缩膝旁
闻味一双胶鞋的汗温
如此念想

糯米酒

能欣赏清楚乡亲的胆识
就蹲在一笼笼炭火炉边无视寒冷

乡亲手里的正午与酒
逼退劳作的困乏
他们泄愤土地的贫瘠
他们翻开昔日之惆怅下酒
他们越喝越爱这片土地

乡场上春天的阳光很嫩
糯米酒在乡场上还原笑声
我目睹布依族阿妹将美人靠翻来覆去地晾晒
等待扛着糯米酒缸的阿哥

以一粒阳光饲养土鸡

周末阳光很丰满
公鸡雄风
争啄一粒滚滚红尘
暖暖冬，或
鼓着百姓腰包

在一杯茶里看见"旺草大二"

没有想过去赌
"大二"的本性是文脉化身
让我在变幻莫测的风景里
看见"旺草"
"旺草""明堂"是乡音

最美的状态
是在乡音的边上沏一杯茶
给记忆装上耳朵
倒映万物,听见浓郁

叁

第三章

老支书 老乡 老好

邻　村

总感觉读音有点绕
当我跟着苗族支书念了三遍
嘴里"剋混"两字的发音
带点云南话的尾音

在云南当过兵的村支书又带我念了一遍
总感觉"kè"音像山腰上的杜鹃花开
楚楚动人，一碰即落
我却总是随山村的风物一起发音成了"kǎi"混

在村里，读音入乡随俗
只是我读"kǎi"时
这片被脱贫攻坚开垦得热火朝天的土地
和我一样涨红了脸
摩拳擦掌，跃跃欲试

夏天的院坝会

谁在这里布了那么多暗道
谁让最脆弱的星星去了远处
谁陪伴萤火虫滑过暗道也去了远方

我在暗洞里高喊着光亮
那个白天离我很近的村庄
与我的草帽和倒影和梦幻和理想
囫囵吞枣

我强迫自己对自己口诛笔伐
我强迫自己吞噬孤寂
我还强迫自己把院坝会开到深夜
然后,我一个人打着手电筒
踩着蛙声回村委会

乡亲是我的护身符

我在一个叫"同合"的高山上
拂面仙界，与大山拍手
她左手，我右手
击掌声撕心裂肺

比远再远一点的那个湖泊垫起高原
朝霞点燃的湖光烧窑出黑黢黢的神魔
浓雾时，村落出奇地扑朔迷离

乡亲是我的护身符
我相信汗水，汗水滴答处
鸟儿用鸟鸣与静静之大山给我擦拭
之后，我听见静怡风响
白云鸣笛

老支书

月光尽情地制造着银河
宽宽窄窄的银河在幻想有流星划过
我看见的流星中
老支书是惬意的一颗
在黄家湾宽阔的湖光潋滟中最美

老支书是布依族老哥
他把所有的氛围营造得清新
他说是因为太阳雨来过
太阳雨后最美的风景是醉了再醒
山如此，水如此，夜莺也如此

老支书叮嘱我雨后一定要记得带一把伞
花花的伞能挡住绿绿的风景
还可以躲在伞下制造紧张的晚霞

老支书确实心爱村落
当然，也许有另外的故事感动过他
他说他被脱贫攻坚战时的太阳雨淋湿过
只是，在不知不觉中毫无知觉地
熬过了那些岁月

听见乡亲们叫我"书记"

听见老乡喊我"书记"
"书记""书记""书记"
那语速，那乡音，那浓烈，那渴盼
如他们碗中冒尖尖的米酒
在我肩上升温，炙烤着我

也如静谧的布依村落与苗族阿哥的芦笙
以生态与纯朴审读
背井离乡的驻村书记
之良知与初心

村主任

那个周日我早早回村
本想晒晒被子
抵达后感觉太阳不稳
一团团乌云在村子上空来回走动
随时有可能踏空而坠

我在空荡荡的村舍发呆
盯着变脸的天空
村主任回家收玉米去了
他天天被汗水浸泡
期待今日无雨
他要去抢回自家地里的秋天

在村里听见的雨声更是孤寂

秋雨下得急
拍打我刚刚从老韦家和老万家走回来的脑袋
小路淌满了水
三天前排查出的那条小路从心间流过
涨成了河流
在我失眠的夜晚噼里啪啦，被水冲着
小路稀里哗啦

从未有过如此之寂
也许是热闹惯了，或初遇村里的秋雨
还有一种解读是责怪
下了一整天的秋雨，太拴人
在村里忙得乐乐呵呵
忘了今日周日
该回回家，该休休息
该举举杯，风花雪月

我缩成一粒尘埃
在村子的深处听雨
刚刚好与村里的红心薯小酌
我一杯听雨，你一碗听诗
有妙处，我们一起享受孤寂

村规民约

雨太密，敲打村口的村规民约
我在村口躲雨

不知有多少人比我还要馋村里的那轮月光
或黄家湾的故事
也还有诸多的心事若即若离

村子由百姓的心事堆积
一日一芽，百日成林，千日成片
苍天以雨之爱促成一座大山

乡村的村规民约有神功
等于或就是风油精加清凉油
看上去凉飕飕
却让大山的花朵开成美丽

我喜欢贴在百姓心里的村规民约
在晚秋，心事即村事

老 贺

亲妈也在，她和她的两个姐姐
都是从伯父家风风光光嫁出去的
那时的黄家湾没有蓄水
那时的家乡在山下，一条溪流绕着老屋

父亲过世得早
两个姐姐拉着她把月亮哭碎
她三岁时母亲改了嫁
她和她未成年的两个姐姐
在饱饥饿寒中被伯父伯母收留
从此，伯父老贺的家有了七个孩子

伯父伯母成了养父养母
至于，七个孩子在大山里怎么长大
怎么读书怎么出嫁怎么写成辛酸
是给小说家备足的仓廪
诗人相信最动情的眼泪
那是一条绵绵的河流
就要构造成一首长诗的山川

在诗与自觉的路上
有的人自我标榜爬了几十年的山脊
一直小我，一直无法看见遥远

老贺是我上门入户时认识的
他执拗，倔脾气，犟劲足
我没和他拼米酒，我坚持听他半醉时的口若悬河
一次又一次之后，又双叒叕

他答应拆除违建的绿皮房

拆除的那天地面温度 39℃

他在屋顶上把烈日揉搓

气温越来越高

他在屋顶劳作时没给我打电话

是我和镇党委书记偶遇上了

老贺拒绝我和书记帮他，他的笑没有阴影

那时辰烈日当头

之后，我常常在清晨与老贺邂逅

他劳作、赶场、唱山歌、半醉、抽烟，脸颊绯红

他见我晨跑，他开我玩笑

"杨书记几十年没有爬山

与我几十年一直爬山，一样新鲜"

昨晚在村里等初冬的流星穿过

我的头像一只不懂闭眼的望远镜

老乡说，老贺家今天嫁女儿

远嫁江西，我说："喔。"

村里有女儿出嫁，我要去见见

火炉通红，我的本意是告诉远嫁的女儿

要带着女婿常回家看看

要在他乡宣传俺们美美的家乡

要一个人在外好好保重

她哭了，她说她明天就要远嫁去江西

她的家事太苦

她想她的伯父伯母

她的伯父啊

是我嘴里的"老贺"

回放乡亲送我回村时的镜头总在微笑

天下的"回放"二字都是甜的
所以我在张贴明白卡、合医政策
给乡亲讲道理时
坚持把故事讲得畅意青翠

乡场上的闲聊偶有千帆过尽之怨
而我握住太阳的手一直走
乡风炙热浓郁

我还常常念着深秋的晨露
看见小树苗在宅心仁厚的庭院里微笑
无数次感动
回放乡亲送我回村时的镜头总是在微笑
还有一只猫和童年一样奇幻
见到我手中的光亮
就在树上跳跃，发出欢愉之声响

只画秋天
——写给韦明华先生

致敬一位只在油画上舞蹈的画家
他的眼里只有颜料
散落满地的珍珠是他分辨色温的匕首
幸好，他不沾酒
一张平板画布是他的无限可能
所以他只画秋天
和那瑟瑟发抖的落叶

我们之间就隔一座庙的距离
菩萨是慈善胸襟
山里山外的太阳月亮
阴晴圆缺就一个"真"字释怀

只画秋天是一颗童心的鸭舌帽
醉眼蒙眬却与万物相通
离家园近，很近

邻里，水，与正在消融的雪景

她是一位弱弱的老农妇
只比我母亲小几岁的农妇

她的儿女都在外务工
她带着三个小孙女在家
她领我去看那个还没干枯的水池
她灵巧如猴地攀爬到水池顶
她把自己装成哑巴
她每次见到我就说三个字
"没水吃"

然后，然后，再然后
她就走失了踪影，但又出现
只要我在，她就扛柴提斧赶鸭
若隐若现

我听见的"声音"都是有水的
水池水管水源也是前年才更换的
我拧开她家的水管却是吹一大口气就蔫了
我到过她家三次，真是没有水

冬季的枯井在山里滴水成池
让一让，等一等，笑一笑，水池即满
好如正在融化的雪
将宁静赠予温顺的鸽子

山里的水温连着去春天的路径
湿润如乳鸽的稚嫩羽翼

想起"和平鸽"三个字就很美

也许，那是邻里之间
水，或正在消融的雪

咱驻村干部永远正青年

新年第一缕阳光
羞羞答答地对着我微笑
是那杯茶，如此淡定地挡住内心的"凡尔赛"
茶说的，想一个人就坐在村里
品品，细品
火炕里的他乡

我们都在驻村最一线
我们都是轻龄者
我们折柳拂面第一缕春光
我们给自己沏一碗茶
又出发

写一首小诗贴于村口

春天的鞭子太长
如此猛烈地赶着雪
雪退回山尖

昨夜星斗擦亮大山的眼睛给时令让路
说不定就这一两天
村里地窖封存的春雷会击鼓传花
催醒沉默、泥土和真相

不敢炫此事
是大高寨八十岁婆婆告诉我
年前最后一个赶场天
她提着一块青冈柴熏的腊肉
在村委门口等了我一个上午
她要将腊肉送给我带回城里过年

那天，我做完核酸检测闭门等结果
与老人错过
直到爆竹声声，直到春雪到来

回村很久了也一直欠着念着酿着
完成一件事
写首小诗贴在村口致谢乡亲

大山里的元宵是百姓的口碑馅

儿子总是在夜晚用他的十指
顶吉他弦
给妈妈弹一首动听的歌

儿子说他不想我
我却可以想象他嘟肥而灵巧的手指
从弦上滑过
与自弹自唱时的投入
还能感觉到我时而年轻，时而老朽

人间真大，万音嘈杂
我吮吸风儿的清淡
在梦见元宵的路上听见琴弦动听

人生难得在异乡过一次元宵节
享受孤寂，尝试冷清
继续着一个人的月光与正午

也会偶遇一些更美的春景
毕竟，驻村时光的元宵有百姓的口碑馅
苦辣酸甜
皆浓郁

报到那天，老支书将我丢在了村委三楼

年纪不小了，来驻村之前
专程回了一趟老家去给老父亲道别

老父亲拍着我的背囊叮嘱
在山村要住二楼以上
可远离夏秋的热不透气
与冬季之阴冷潮湿

报到那天，老支书将我丢在了村委三楼
还丢下一句话
"杨书记，有什么吩咐尽管说哈。"
我说："不，我是来学习的。"
不知道老支书听清没有
反正，我转过头时已没了人影

之后就习惯了一个人早起早跑
抗衡季风与雨季
在《驻村日记》里拒绝留下咳咳吭吭的文字

又一年开春了
昨夜与冬雪折柳惜别
村舍的地板却莫名其妙地滑滑润润
像春潮回来

驻村人、说春人与孤独的露营者

你钓了我故乡的鱼
那是我用乡愁和思念喂饱养肥的鱼
是上了你的钩
我百思不得其解

我与故乡，河流和鱼说了很多很多夜话
万般孤寂与无奈
我选择在村里的后山上露营
我梦见自己成了儿时常见的"说春人"

"说春人"见到什么说什么
"说春人"把万物说活
"说春人"让犁与牛与晨曦同框
"说春人"眼中的乡村情趣
一半土气一半洋气
土气为《风》

"说春人"见人说人话
见鬼也说人话
见假人还说人话
人话，真话也

"说春人"把道理说得简洁明快
清新暖人，朗朗上口
"说春人"说累了就穿上自己的帐篷
与夜做伴，从不抱怨，享受孤寂

背着自己的名字行走村庄

村里的桃花为我洗了一夜尘埃
三月中旬的这个周五
我要从大山出发回城里的家一趟

也许是山里的布谷鸟知道我要回城
用春天的柳枝
在我车后窗上写了我的名字
嘱我背着行走

"语歌，语歌"像山歌
我不舍得擦拭
我就每天背着自己的名字负重前行吧

在村庄奔袭
我如沙粒也如火焰
我收集民情民意的笔记本比我重
记下了百姓酸楚与笑语欢声

与布依阿妈聊她熟悉的幸福种子

已开始思量苞谷林
嫩嫩的，接上油菜花与尖尖角儿

这里是嫩嫩的初春
松土，锄，农家肥，太阳雨
各有各的开关
与情窦初开和含苞待放

给乡亲们发完种子
我陪着点苞谷的布依阿妈
坐一阵，聊一会儿
她娴熟刨地的动作与农耕年华
轻轻一盖就埋下幸福的种子

那粒与春天交融的种子
像我重回泥土时生长的梦

陪爸妈看一眼故乡银杏的金色

炖一锅笑声朗朗
拧一缕炊烟，炸盘酸鲊鱼
目睹火炉的舌苗伸出
听一阵唠叨
又缩回去继续燃烧

父亲的腰椎间盘突出住院十天了
见到我就要出院回家
他自己签的名字，遒劲有力
老母亲戴着一年四季的毛线帽取暖
捂老屋前的银杏叶金黄

我溜着雪凝从大山到高山
陪爸妈一晚
看一眼落叶银杏的风姿物语
又出发，回我的村寨

再做一道菜叫"等阿哥"

肉切厚点，鱼煮熟点
土鸡炖炟点
火烧旺点，豆花点嫩点
芦笙吹响点

阿妹在河边梳妆久点
对着倒影唤阿哥想阿哥
再做一道菜叫"等阿哥"

唱着山歌等，点亮星星等
站在高高观景台上等
空着除夕的酒碗等

阿哥会来，从湖中来
舟楫摇响爆竹，梦里见
苦了阿妹
等，等，等

村里的元宵闹正月十四

我的寨子把春天捂得很紧
"立春"也有一场小雨的温情
慢慢来往

小山村闹元宵在正月十四
元宵说，先在山里闹
满接地气，闹开心了再进城

约定明天
城里，霓虹灯下，闹

第四章

黄家湾四季

黄家湾本是一个水库或翠色之湖

柏枝林是树的园地
果海姓"木",木起同合
那里有一月的李花,二月的樱花
四月的樱桃,六月的蜂糖李
还有七月晚熟的桃子
十月早熟的柿子

如此多的鲜果如同合村的木屋
压苒地举着熟稔的画笔
我的小小村落啊,在雾上磨墨

黄家湾本是一个水库或翠色之湖
山水的镜子刚刚好与同合站立
自从划进我的村就成了高原之海
载着盛夏的绿肥红瘦
从喜鹊的画笔里慢慢流淌
听见我的号子了吗
"同合诗画出山了哟"

在一叶小舟上安放了家

黄家湾的"湾"是港湾那湾
有一半晨雾一半书声之妙

浅滩与秘境躲过星空
一半的乡音与一半之天籁
如正午的浪波吞噬岸

风铃吹奏的摇篮曲拍打晚霞
水说，一叶小舟也是家
美的样子小家碧玉
山说，一眉浓露才是家
待云开雾散，待真相大白
待风轻云淡或其他

其他，也许就一童年的眼神
自从在一叶小舟上安放家之后
就紧紧盯着鱼群看个明白而悄无声息
等着美如遨逸
等奇思妙想

在浓郁的夜晚用米酒养鱼

夜晚开始涨幅
蓄得饱满的黄家湾水库
薄雾袂衣
两岸的蜂糖李花开得如此炫耀
第一年觉得自己的家乡如此美丽

湖面吐出的晨曦与傍晚揽怀的霞光
群山夜夜笙歌

自从湖面渐渐抬高之后
布依阿哥站立如一山的风景
我陪他在浓郁的夜晚用米酒养鱼
那乖顺的鱼儿在米酒的碗里微醺
醉醉的星星与蛙声循序渐进

同合村和同合村的黄家湾
采摘者的想法是偶遇或艳遇蜂蜜
遇见之后
牙如锄，咬下去，抽身回来
蜜，就一直在犹豫徘徊
再来一次，再来

咬口蜂蜜一样的蜂糖李
黄家湾就给同合蜂糖李代言
"嗡，嗡嗡，卖蜂糖李喽，嗡"

又写黄家湾

人生旅途皆躬身入局
在时光缝隙里垦荒
是黄家湾告诉了我我还撑着时光
活着就总想起昨天破土开挖时的炮声隆隆

黄家湾悄悄在这个雨季变成了湖
湖坐山腰上，尽量
做出与苍翠一色的底色

从四周山下来的涓涓细流是一抹画笔
拖出锋线与刚刚好的体香
缠着昨晚之夜灯

路灯被湖波折叠
在夜深人静时又放回闪耀
走走停停
惦着活着的意义时一定要想起菜板上的肉

如果所有的肉都做成了同一种惊叫
或多或少叫失败
也或多或少如嚼不动的馍

人生的观景台

准备上楼去聆听距离十米的灯响
与黪黑长夜，让我
在仲夏冲凉的水波中幻想
点亮香熏烛光

薰衣草与马鞭花的混淆视听
让眼前的香烛被想象
人生的观景台如此美好

世人皆知破局后的油菜花
与怀春与其他，与花海一样浪漫
至于水龙头，泥土，农家肥
这些不被破坏的元素
留得美好构成最美

观景台的人生不是哪里都精彩
所以不必在夏天反反复复解读节气冷暖
多了，总感觉是在催化热度
如太直白的期盼
期盼冰冰凉凉，如一枚冰棍的瞬间凉意

观景台有见证天体与风情万种的内核
与每一块胸肌都能叫出的山骨回音合音
写出舒缓气息，等万湖平静，之后
会看得更远越远，好远，老远

等着你给我的小岛取名

湖中的那些小岛都不能上岸
她们孤傲，孤独，孤单，孤寂
所以得站得远远的，给她们抽象地取名

等着取名字的我很急
我问鸟儿
好久来，一起去关怀这些小岛
从脚下的观景台开始思考

取名、正名是关怀的一种好方式
如果她们有了名字
就让小岛哄人入睡

清晨起雾时，我会叫出她们的名字
有的土得掉渣，有的挤着如画

还要在岛上按照名字之意境
播下梅花的种子
冬至，花儿们低声呢喃
听见了吗
所有的岛屿都等着给她们取名字
可以挽着甩肥酒和垂钓的那种

水绘党徽

太阳吐在黄家湾水面的晨曦
精心绘制成一枚党徽
那镰刀锤头的风骨
是民心所向
是我每天笃行的信仰和思考

一撇一捺

灵感来自马帮
又见马帮时我的双眼混沌
要在无路上去的山顶
编织一帘梦来装下太阳、月亮和星星
建一个能放飞疲惫的观景台

故事如何用钢筋水泥沙石与汗水搅拌
我上百次爬上山顶又趟下来
在日出日落彩霞余晖之下
我读懂乡亲乡邻乡友皆"仁"

村里无钱，设计师免请了
就以最简洁的"人"字构建吧
试着把"村事""故事"与"仁心人性"相牵
做成"人"字形
光辉旗帜下站起来的那个"人"

一撇一捺
就是从一楼外往里看是"人"字
上观风景台后从二楼后往外看是"人"字
内外兼修之"人"，仁也

黄家湾有神秘巨蟾若隐若现

太阳是无所不能的绘画师
泼一墨轻淡
让黄家湾的巨蟾被临摹
水韵，神秘，传说
惟妙惟肖

月亮是站着的高原之大智慧
沉下去的那支画笔
知天下无残局
也如你我，只需手心相扣
再神秘的色彩也逃不出我的黄家湾

秋天过后我就常常想象冰的坚硬

眼前这些被岁月欺凌瘦的草棚
曾经辉煌过，如果
不是因为一直笃定顶着天空的稀疏
或偶有以云薄薄陪伴季节喧嚣
雾，霜，雪，他故事
也许是完美或更完美

山里有星星放牧
有松树撒网
地气是松针舒软的词汇
手脚或身体任何部位搁放松树下
一呼一吸的样子与剧情绝伦

一切皆因湖泊水畔吧
开满枫叶红，多出诸多想象
如酷暑时想象水的凉爽
冰凉时想象冰之坚硬
伤感时喝喝风，使劲喝
氧和骨头之香薷是这方风景的风景
爱一次一个轮回

湾处最是养心斋

太阳也有渴的时候
太阳伸出巨手舀黄家湾的水喝
这里是溪流之源
听见湾湾曲

这里是养心斋
我担心太阳动作过大
惊吓养于湖中之巨蟾金鳄
还有绿波

"同合"是上苍赐予的鬼斧神工
庋藏养心之斋那静谧

世间总是奔跑者最累
来到黄家湾即可万事搁于月光
捧起柔柔眼神的画板
与银河，碧澄，鹭鸣，远山
融会贯通，打成腹稿
一时一心一情一景
淙淙琴声，湾湾涟涟
也一炊烟袅袅

怀念这个异常猛烈的夏天

终于立秋了
这个夏天的鱼儿像我
跳天跳地

水温平缓后
鱼儿越长越灵动
我却越来越丑，又黑又丑

我们也有共同点
我们在洪水肆虐与高温狰狞中
走过了这个异常猛烈的夏天

一个清扫观景台少年的影子

影子的口腔温度太高
或升温太快，12 度，53 度，67 度
少年的热情飞速度
噼里啪啦，如啤酒语速到老白干

一个清扫观景台的影子很美
我很担心融化了火星
陌生少年以举手之劳靠近孤语

世间给落幕的人声鼎沸留下狼藉
干净舞台的美丽之前总有一截安静
安静得出奇，安静时
赏读年轻影子是绝美风景
自己也青年

邀你来黄家湾

再讲，我们把夜色讲穿
一直等着太阳和光明同步到来

特别要注意故事的曲折性
如山里的机耕道
一边用来开荒拓疆
一半用来绘制收获秋景
回味春冬播下的种子

这部小说的构思缘起小雪之后，山寨
每一个方阵都是绿色的初冬
梗概映射出乡亲守望季节的文明
农耕，所以生态，所以迷人

故事的结局是你我深深相爱
一起走过小说的陈述
你攀岩万水千山，丢下风雨仙桥
我踩着语言的雷声抓住闪电
来到黄家湾
欣赏和触摸刚刚萌芽的风景

垂钓者偶尔会钓起自己的背影

倒映裸心时
就会有新景致发现
如盯住季节的风景师
划着秋色小船点缀我的黄家湾

我的同合村一年四季都抱着黄家湾
用微笑蘸红这片家园
揽着宽宽高原和宽宽湖面是幸福的
是将天地融合的大镜子
与镶嵌着哈哈镜或凹凸镜的群山
浓缩在一片青冈叶上的乡愁

人类总是在风景面前不知足
总是谈论人类的弱点，总是指点江山不足
总以为自己看不见自己的背面

可黄家湾络绎不绝的垂钓翁
常常将自己喜悦的背面垂钓出水面
我也常常像一只被钓起来的鱼儿
在波光潋滟的湖面挣扎

声音码头

库区调色盘养出每个人的感受不一
那些亟待言语表达的码头
已逃离感受

汛期是涨潮之神经
几乎不把这枯竭的水季放眼中
散养的文字在坚持
在大山里游出灵感与动感
至于束缚，至于标本式的栩栩如生
都在靠近死亡
码头在挣扎，涟漪潋滟

湖中不分白天黑夜地爬出的魑魅魍魉
将岸啃得千疮百孔
如初冬的每一阵风准时映射出困境

太闭塞的声音之高低与起落与呐喊
如山里的棉草籽黏人
蒲公英啊，你飘荡的轻盈实在太轻
轻轻落于黄家湾纤细的码头
出奇地静与白，没有一点声响

黄家湾的初秋

小金橘与晚霞、枫叶、鹭鸶
构成一幅不大不小、不高不矮的黄家湾
像定情的风物吃下一些酸酸的想法

晨曦的布绸在湾畔沐浴时特别撩人
枫树上结出的露珠
被蒙上一层酸酸的小金橘皮
不到通红不甜的样子

烟波浩渺的晨雾容易让人发呆
如喝醉的薄雾
什么时候将这里的初秋摊薄成了漓江
山水一声，轻轻如许

冬至，高原湖裂开无数缝隙埋下野草与枯骨

薄雾是昨晚圆月坠下的胎盘
那敢于破冰的样子
繁衍生息出串串星星
润润生机

高原湖的宁静与宅心仁厚
被晚霞用鹭鸶的嫩羽缝制，涟漪凿凿

冬至说来就来了
压在湖畔的野草上
让站着低飞的鸟翼声音脆成呢喃细语

我仰视高原湖泊的诚意无比
我一次次撕裂开自己
埋葬岸边残羹冷艳的枯骨
静等一阵风儿拂绿
静等万物亭亭玉立

雪莱的诗句依然是冬至后的温存
最难熬的四十五天不长
是的，"春天还会远吗"

高山油菜花开得像风一样自由

抓不住与风做伴的高山油菜花
我不糟蹋它们的自由与摆动
我一个人在刚开挖的机耕道上疯跑
找回放飞的鸟鸣

村舍后山顶上的油菜花开得遐逸无限
尤其是花间那一空地
花粉之多
与我劳作的衣衫和牢实的鞋子应景

我如黄家湾挺直的小小岛屿
遐想沿波涛躬身入局
春光不负
一起耕作银河
自由开放本身就是逸品

我的黄家湾正预谋美过漓江

实心和预谋萌芽
红心薯记录着白露之前的灵感

这么快就春分了
你的那一半好梦如初
我这一半秧田镶嵌的山镜子
只等春水涨潮
只等蝌蚪扎紧田埂
我的黄家湾就悄悄咪咪
美过漓江

村里有了环湖路

沿着这条曲径抵达
黄家湾的波光粼粼与湖畔野花共舞
有蝌蚪、翠鸟和鹭鸶

我披着一片松林在刚完工的环湖路上奔跑
松果敲击
我的大腿很有劲，劲儿足，有花香

不长不短的环湖路简洁明快
没有护栏、铁链和束缚
刚刚好接通苗家阿妹之眼神

同合的春天从高原碧波中站立
与春之脚步共醉共勉
也偶有时冷时热的冷嘲热讽或其他
却拉近了我与村落与远方的构想
生生相息，美美与共

黄家湾丰满的初春

背篓好肥
黄家湾瘦了一个冬天也能装下太阳
嘴里还烧开一壶湖水
邀银河喝茶

月亮和她的月球以水面为参照时
很小，小如月光

月光是大同合众一碗春色的虔诚
芽之春，兔之白，风之紧
排山倒海之势
扑朔迷离

我的黄家湾啊
欢歌时邀晨雾赞春
迷你时携玉兔熬星斗
眼神一翘
肥肥的雾像千万追求者
揭竿而起

伍

第五章

捡起『半亩方塘』养鱼喂马

你飞去哪

冷饭贴着糟辣回锅肉与村
舀一瓢晨雾加热
胃口打开时看见初冬辽阔

我更喜欢大山里最真的墨香
牲畜，蒲公英，霜，云海
乳白乳白地挤着入画

我确实忧心忡忡
美丽之后的这一切会留下来吗
或飞去哪里

山说，不论去了何地都带着家乡
故事之核是大同合众的山水
惺惺相惜

听懂了紫云话儿醉三天

用灵魂说话
语速就是山的风景
紫云话最是简洁明快
"老多""老滥""老穷""老醉""老好""老美"
"来家""来""来家喂——"

我一直纳闷"来"干什么呢
坐坐？喝茶？烤火？
特别是临水而居的苗家阿妹那甜甜的客气
语音如觞，有秘境，有味蕾

入冬后，贴近慢慢靠近的年关
我发现家家户户那个平时盖住的小小作坊
热噜噜的米酒比乡亲的话儿还容易让人醉

我盯着炕上的腊肉木香懂了
"来"就是来一碗
大饮一次醉三天

读"洛河"成"乐呵"有另类的美感

风景留在身后
继续奔跑，有布依山歌陪伴

布依山歌落车窗外
让晚霞和牧童发着呆

隔壁村的村名叫"洛河"
"洛河"原本叫"乐呵"
布依音译"哪卧"
"乐呵"有乐乐呵呵之意

乡亲读"洛河"为"乐呵"
"乐呵"是一个代词
一杯又一杯米酒的代词
满脸憨欢的代词
笑得前仰后合的代词
"乐呵"哟，"乐呵"，"乐乐呵呵"

在村里待久了
听见的"乐呵"是一部言语音典
隐喻如眼前这些等着点赞的小金橘
压住秋色
嘻嘻，爽朗，一种平仄之外的美感

我用文字把自己埋藏在一条冰凉的蛇旁边

茶片薄薄地嫩出水
塞满昨夜春色

我给你的浪漫正如雪花飞舞
山脊没有薄过
雪花依然吐着坚硬的风，时紧时松
张力如挺拔松树挂着凝冻的风铃

我在冷风中遇见一条冷蛇
我胆怯懦弱地转悠，又转悠
最后确认那是一条已殁去的生灵
也许肉身还在呼吸

我用文字把自己埋久了
似乎在酝酿着另外的训诂，原因是
很久没听见为自己反驳的声响

沉浸式的哲思在山里如一坡枫叶
也该慢慢退去，或即使退去
也要内心火红地一直红

或更像这小寒时令
将封坛的村事交给一条蛇
带进冬眠，等雷声敲门
也许醒，也许省

林下土鸡

我用秃头顶碎烈日
我与正午相视不语
我犹犹豫豫转身
与六月遇见
六月说，驻村无周日

没有故事的周日无诗
不论从哪一个视角解读
村里的云彩软如泥
泥之味蕾像一只只林下的土鸡
鲜活至奔袭

我学会了包容断章取义

村子是最稳妥的稻香
凉寒的风一个劲儿地往山上爬
丰稔的味蕾已开始拒绝黑暗与险恶

山里的朝天辣总有温馨鼓点敲击人心
再难，有辣就冒着热气
热腾腾的热气是山河的炊烟

村舍后山的空寂写实冬季
鸟鸣啃着负氧离子兼听
也有断章取义

也许是听惯了口号或豪言壮语
此时，万物选择了宁静
我的眼里只有用来怀念的自欺欺人
我依然刨开想象
我的双眸也只看得见烈酒
我常常萌发饕餮和一汩一汩的吞下

真的，我学会了包容断章取义

我不能独食这里的湖光山色

我的手如此顺畅地摸到一场香梦
湿润着捡起固执的晨曦脸颊
你生气时，赌起气来像一头猪
溜溜溜肥，张扬
飞扬跋扈

我从《果海》读书会的照片上读到你入梦的样子
久别是那个冬夜我们种下的乡思
一棵树，一瓢水，一个树坑
本应在这个夏天结出蜂糖一样甜的果实
可你却还在犹豫，犹犹豫豫
扭头而去

我不能独食这里的湖光山色
我要牵着你走进同合村蜂糖李的林子
我说什么你都宁可信其有的样子
我们透过李子林葳蕤的叶子
你我在太阳的缝隙中躲着品尝山寨的蜂糖李

我聆听到了李子林的呼吸
我的手轻轻一捏
手上沾满你毛茸茸的蜂蜜

丰收的幻想如此时阳光

饭碗也可笑可哭
釉面色的反光与感光
能扭曲人心人性
也可一声叹息或哈哈大笑
还能哼着鼻音哼哼哈嘿

壮苗从田里抽身
也许，葳蕤与躬身入局均是一场断弦
丰收的幻想如此时阳光
执恋白花花的憧憬，米饭或其他
特别懂盛夏的越肥越美
与越绿越厚

我在森林之屋满装诗画

腰门装好，秘密锁实
再用一根门闩挡住寒潮
这里是森林海洋

大地和海洋
太阳花和精卫
像村口的路解读来来往往

村口那条高速的方向从黔西南过来
指北针说贞丰过去就是紫云
双乳峰过去就是同合

万物在美好面前就一面紫色之纱
让所有的幻想若隐若现

我想，如果把腰门和路的方向调换
诗画同合森林木屋的表白就是
提着紫色之云
装下贞丰的茂盛
价与身价，与纯朴之空灵
与森林木屋都该是诗和画的墨香无价

鱼或鱼塘保持其口无遮拦的秉性

雨，把电淋熄了
雷鸣在怒吼
谁侵犯了咱百姓的鱼？也许是我
我静静接受雨夜的惩罚

世间总有浮躁走邪
鱼或鱼塘保持其口无遮拦的秉性
知善知恶

"仁"为真，真即泥土
为善去恶的哲理在语速里能听见回响

也许真的有诈
如积怨的痛恨或痛楚
日积月累地爬上挂满露珠的松针

结伴的松远离喧嚣
喊醒我淡淡轻轻拨开的窗花
我吮吸一口村口的风
雾凇那冰花就开始筑巢了

我理解的人生百味苦涩要多一些

这么早醒来翻几页通史
给喜怒无常的断崖戏降温磨墨
蘸料一些风写几句记
又回梦中等梦

我理解的人生百味苦涩要多一些
万事万物"甜"过肩膀
会有莫名之惊悚
惊悚哪一天离开山村时满是色彩的胆怯
或色盲，或自欺欺人

乡村的冬天依然柔韧
只需一点点松针与阳光舞动
一些开心的事就会在鸡鸣狗吠之前
如期而至

挖红心薯的阿妹

丰收的笑容娇艳
如拥有紫云地理标志的红心薯
羞羞答答
也如小高寨汤锅边之豪迈

昨晚霞光唯美过了头
酒碗里有动物蠕动
推着太阳星星银河滑进黄家湾

湖边挖红心薯的阿妹说
阿哥再不来收熟透的红心薯
就将晨曦装进布兜锦囊
以一张白净的纸庋藏
或用孩儿书包里的彩笔，慢慢地
重新画一个帅阿哥

水　怪

我住村委会三楼老会议室旁
每晚都有寒冷的风刮过
孤单的风敲玻璃的声音我没怕过

奇迹了，元旦节后最浓稠的晚霞
昨晚陪我鼾声入梦
我梦见了水怪
它敲开了我的门，待我醒来时
书，笔记本，考核指标，后评估要点
都变成了一把披头散发的腰刀
被塞了进来

结局是水怪骑着风火轮溜达走了
水怪留下了纸条
"这么冷，你一个人在村里怎么过？"
还有一束刻在腰刀上的花
写着"贵阳下冰雹了，村里呢？"
水怪和腰刀都没有给回答的机会
我也什么都没抓住
最后，水结成了冰封住了的门和窗

月光的意象定于春天返程

风儿舀起一个沉重的冬天
雨滴轻过寒潮
枝丫上，喜鹊以鸣叫的方式复活
万物悄悄复苏

一缕月光的意象是举着火把过年
恰遇一场冰雪，逆行
打湿我养了四季的含苞待放之蜡梅
梅香庋藏月光与酒
还有无限可能的意象跳跃

柏拉图以光亮的方式告知人类
偷袭者必命短
那狼心狗肺的匕首
最后刺向的往往是自己和黑暗
所以，我给美好的意象预订好返程机票
尽管春姑娘全然不知，我却能预料
一切美好会在春天归来

我的眼镜丢在了大山

很多时候喉咙都讲破了依然有遗憾
那就让眼睛照出自己的影子

我相信从眼白中流出的倒影有爱
人心，文字，仁爱与歌唱
如此优美而实在

在夜晚走丢的眼镜肯定被月亮收了
吞噬，上交，妊娠于宇宙

收了就收了吧
等到夏天可能收到无数个眼镜
贼亮贼亮地把心中的世界一下子看清

没有眼镜的眼睛之外
世界就混沌

折叠雪花

不要打听这里的雪
风也不要打听
它们把自己的血脉和故事锁进森林
有汗渍，铁链与斑驳
清新脱俗

这里有风的脚印
溪流的足迹
古风和剑刃的锋利抓铁留痕
万物静谧如初

我在森林里散养的雪白虎群
懂雪，跟着声音轻奢
托起"村事"中最浪漫的章节
序言"凡尔赛"，结尾低沉悲悯
通篇带着"谁曾到过此地"的思考

我比村落起得早些
将雪花折叠，方块，紧压，挤虚无
挡住来年的匆匆脚步
慢，放慢，再慢

桃花舞

乡亲们都还没来赶场
他们在地里敲醒沉睡的蚯蚓

蚯蚓不是装睡
世间永远叫不醒装睡的人和事

蚯蚓已经在泥土里睡了一个冬天
它们等着雷声

我是想着明晚要醉
今晚就做对失眠负责的梦

尤其是眼前这些春天的桃花
有中毒的冲动
想拥有一台航拍机飞过

我的最爱是让乡村的桃花满山飞扬
记录蚯蚓与花瓣的生活
念想桃花树下的舞姿

燕子的短暂停留与空巢联想

燕子也选择周末才回家
燕子飞翔于我每天往返的阡陌
像人生五线谱驿站

油菜举着自己的妩媚挺进仲春
嫩如火焰
溯源花朵与后期的榨坊
也许，燕子闻香而来

燕子如此执拗
继续喜欢裸露的钢丝
滑上滑下，用新泥筑一个梦
再拼命筑一个巢
哪怕，或很多时候用来空着

素描乡贤罗杰

见到罗杰的傍晚
他时醉时清醒
"今天喝了吗"，我问
他说戒一餐酒
反而感觉心跳加速

罗杰总是把衣领提了又提
精神抖擞地与我交谈
他衣领上挂着给乡邻乡亲挖的机耕道
挣的钱欠的账
都沿机耕道爬上大高寨

秋色与丰稔之味蕾曾经是一张素描
却硬是被他捣鼓成一幅油画
写实写意汩汩飘逸

大高寨是他的村庄
与他衣领上的米酒糯香
缓缓入秋，入梦里家乡

写给舒奇峰兄和他的牛蹄关

这个衣衫褴褛的"酒"字
究竟从荷塘里吞噬了多少月光
大清早，依然直直站立
的确是为了美，周而复始

牛蹄关之奇正是一座高峰
山之骨，绿之瘦，情之深与鸟鸣为伴
诉诉人间万事

读书人与文化收藏家的合二为一
刚刚好修成一个德行
不让文化孤寒

如奇峰兄的半辈子人生
做得或多或少的事
都在摒弃和藐视
那些"私器"之"者"
于是，我看见庭前之荷葳蕤着整个夏天

写给与太阳握手的芦苇

远山云雾落座松针
雄鹰，鸟鸣，牛羊，暖冬
与软软草甸刚刚好化梦成境
于远山更远的远方升迁

一株与太阳握手的芦苇
轻轻巧巧的芦苇爬得很高
在自己的高地伸伸手亲近太阳
与月光煮茶
将落日唱进大山
与高原湖泊对歌狂饮
以天籁蝉鸣唱黑夜晚

芦苇意象与颜质本身是美的
却总有更喜迎合人世之草甸者
梦魇草甸舒畅
放飞一些莫名其妙的假设
遮蔽自我

鸟

鸟以鸟语哄人时
已先知自己是骗子
所以，总担心眼睛露馅
眼神晃荡

鸟也说人话
鸟说，有些人
根本就没有一字不识的人善良

陆

第六章

远山有诗意

稻香鱼

乡愁是我买二十块钱的稻香小鱼
与酸酸甜甜小金橘相遇时约的晚茶

我不知道黄家湾的晨曦能游多远
也许是一条鱼或一汪湖的距离

想一种味蕾略略远点不是坏事
如下组入户时闻到的炊烟与油香
油锅袅袅飘出酥脆酥脆的乡愁
丈量从秧禾与稔熟的季节

晚茶的桥头与晚茶的狗肉汤锅
与晚霞的烈焰一样
哪一块肥而不腻
哪一部位最是妩媚动人
或温顺如这能说会道的稻田鱼儿

母亲节

或多或少
父亲在电话那头略有醋意
父亲说，"你妈今天收到好些祝福"
说我妈"大爱无疆"
说我妈是"英雄母亲"

我安慰父亲，我说
"我母亲一字不识
耳朵也不好使，吃尽人生艰辛"

我也不知道老母亲听明白
或听清楚我的话儿没有
正午，弟弟从手机相册里翻出
去年母亲节拍的全家福
老母亲见照片眼睛一亮，情不自禁
"我生了五个笨仔"

因为驻村，今年的母亲节远在他乡
与五百里外的母亲通视频
我听见了母亲面目慈善的声音
"我生了五个笨仔"

端午节，写给就要中考的儿子

你用电视机的声音欺负我
我同意，我知道，我明白，我承认
这个世界上最不称职的父亲是我

也许别人经历过或没有
儿子逆反期，最恨的男人是他的父亲

父子一月不语
父子都懂虎毒不食子

我天天在村里
连你恨的机会都没给你

很多个夜晚或很晚的时候我致电妻子
我问她天天面对什么烦心事

妻子不愿说起，诸如
"我就是话多得不得了的话疤子
让人烦的老头子"

端午最是诗意安康
如一滴酒液从粽叶上绿绿滑过
我按住自己并提示
哪怕儿子把电视机声音搬到屋顶
我也满足，我心满意足

这些都是我欠下的
我的宝贝儿子啊，你努力吧
努力了就帅气

想城市的家

有点像一个人的个性
那是屋内设施的"以土为美"
土得掉渣
那是室外风景的"以画为美"
画入生态
那是发呆时的"以静为美"
静到胆怯
还有甩醉后的"以诗为美"
哲理与意向同向

木屋的个性就是想要的应有尽有
如生态蚊、青竹蛇、蚂蚁、菌菇
松鼠、斑鸠、田蛙、秧禾、雾
凉爽与闷热，等等

个性终究会被天狗吃掉
个性是壮壮的立体之你我
个性之最独特之处是全部的森林
除防火之外
可以夜不闭户，可以
花丛摘月，可以抚摸星星
可以呐喊银河，还可以
想城市的家泣不成声

想象可期

钢琴，风车，高坡，云
栅栏，时光隧道，花海
观景台，鸟鸣，高压线，脚步声声
完整与完美想象
与薰衣草那"紫"有关

薰衣草与马鞭花把高原的高坡染成了紫色
紫色刚刚好是我驻守的家乡紫云之颜值

我是在一首《高坡印记》里读到的梦幻高坡
所以又一次走进高坡时看见高原的金幡
梵音自起
看见云顶经典的花海与巧妙的构图
就萌动想象可期

万物是最美的风轻云淡
云海之下，我拾起一粒小小的格桑花种
我要带回我的村落
想象我的同合，一年四季
万花簇拥

异 乡

异乡从儿子的萨克斯里吹出来
即成了蓝色
好蓝好蓝的蓝
可以游泳的一尘不染的蓝
披着彩虹流淌的蓝

秋　瓜

本性与愉悦躺在故乡的怀里
故乡就是我丢失的那把抓鱼匣
也如我头顶的夜灯晃动
尤其被母亲盯着时，我的卑劣淋漓尽致

夜灯下这干净利落的秋瓜多情热烈
弯弯曲曲肥腰身与圆不溜秋的秋肚
揽了好多好多夜螃蟹
月光下，山影下，有君入樽

秋瓜入秋正是阅人无数
那个在溪流里抓鱼和螃蟹的男孩依然是我
无论怎样的斑驳或岁月冲刷
在敝帚自珍与幡然醒来之间
人生的每一束光亮
正如这一秋瓜也如一鹰隼
还如桀骜不驯的螃蟹张牙舞爪

亲　情

如果不是在微信视频里听见儿子吹奏《秋恋》
秋恋在我大脑里一直是北方的柿子
挂在落完叶的树上等着风摆
或如南方湿漉漉的蕨类
坚挺地以一种唯我独尊之绿随缘

亲情是眼泪铸成的
在萨克斯按键上的每一次舞动都如此缠人

亲情有时总是万般孤寂
却能悟出秋恋圆圆
还如故乡的荒瓜在杂草地上长出风景

我的秋恋捣鼓得鲜如劲风拂面
亲情是在村舍待久了读得更懂的山寨

秋恋与城市略有不同
城之秋恋停于枫叶
乡村的枫叶却是一个个红心薯在摇头晃脑
鲜鲜活活

一箩筐一箩筐笑声如一块块璞

大山里孩子的叽叽喳喳本是诗
无雕琢打磨
如我最喜欢的童年记忆
一箩筐一箩筐笑声如一块块璞
任何一个视角
均无痕迹，也无需想象

左手，右手，青瓦，白墙，银杏树
搓初冬火热
与我有关的美景美色
已将我的童年燃成灰烬

但，是什么就是什么
像童年或童年的童言无忌

枫香染

布绸在烟波浩渺的泉边沐浴的样子特别动人
如枫树上结出的酸橘通红
像定情的风物吃下一些酸酸的想法

从乌当的村落出来就会发现
天下的新衣都是甜的
所以我在品读活力满满的乌当时
坚持把故事讲得畅意和青翠

老枫香树站得直直的，脂里浓香
一层淡淡牛油抱着山里的文火煎熬
闻香而读出煎熬之美
乡场上的闲聊偶有千帆过尽之怨
只需用毛笔蘸溶解的枫香浓液
在布依姑娘自织的白布上就画出故乡
所以，我握住太阳的手一直走
乡风炙热浓郁

我还常常念着深秋的晨露
看见小树苗在宅心仁厚的庭院里微笑
无数次感动乡亲们从枫香树上取脂的镜头
树是微笑的，大山也微笑
还有一只猫和童年一样奇幻
见到枫香染出的新衣或我的手机光亮
树上跳跃，枫叶上欢愉

纸　浆

一直渴盼将发黄的纸浆摇白
白成有体温的颜色或味蕾

有人说这里的纸浆生性发黄
竹的颜色，两千年凝固
构图无限想象

香纸沟的纸浆给了一条河流灵动
那水车转不晕的齿轮
咬住水的力学
静养，咆哮，呐喊，镇定
让无数阵痛与喧嚣
找到甘愿被巨石碾压的理由
之定海神针

世间清泉少了
已很难静下来以心灵听水声
养心殿是一张张纸发出的清香
神秘成一尊河神
从两岸纤细的竹河里
继续摇，手摇，水摇，太阳摇
纸浆依然不会变色翻白
纯如土法造纸发黄的记忆

遇见方聪

方聪说过
"被大水冲来的石头都圆融了，
只有根生于岩崖上的石头还比较方"
所以，我在那幅纸浆画的背后闻到水香

我至今不知道方聪先生是否好酒
但写诗的陌生化与行为艺术
或形象创意一脉相承，然
没有人知道爱在哪里时就是爱
懂，给懂的人懂

遇见方聪就感觉他背在后面的手
一定拎着一壶老酒
他与画的抽象如他后梳的发髻
他是饿瘦的，没我丑
我追着他的手纳闷或以为
一条沟壑的造纸术被他演绎得柔软

我还想，他的一幅幅画如水车碾纸
在我养肥的活力乌当
与竹叶之青涩一起镶嵌竹浆的血管
竹浆复活

电 话
——写在母亲七十四岁生日之际

近来，母亲总是拨通我的电话就挂了
我打过去时，她说
"我按了耍，按到了你的电话"

母亲老了，又不识字
她的电话里仅存着我们兄妹五个的电话
困于转圈，所以
每次她找谁，几乎要全打一遍
碰运气才能找到她要找的人

兄妹约定，谁第一个接到电话
问清楚母亲要找谁
然后就告知谁，主动给母亲拨过去
开始有效，后来还是不管用
母亲就喜欢一个一个地打
依然是打了又挂断，挂断后一小会儿
又打了过来

今天是母亲七十四岁生日，她知道
不能亲自到场的儿孙都会打电话给她祝寿
我在家中排行老大
我早起，刚刚给母亲打了电话
"妈妈，我在村里，春节才能回家"

树剪影里堆放我偶尔透亮的雪骨

到村里最高的小箐口
路两旁全是树的剪影
挂过太阳也坐过月亮
梧桐树下的泡雪有热温如炊烟

橘子因为酸，在树上与冬日抗衰
我咬一口，酸
牙巴都要酸掉的那种酸

也好，被酸之后的我
像被妻子念叨后的无奈
因为心中的亏欠太多
让我的铁嘴软了又软

搞笑吧？我再也不映人的嘴偶尔让我看见
我也有雪做的骨头
透亮透亮

我用酒花画出的女儿特别美

这些夜晚让人思考深沉
永远的坚强者把自己焐出汗
不论遇见多大光环
庋藏后腰的风景才是最完美的安全

有些抱怨，也许刚刚开始
如小灾星的怒火，也如眼镜
如果不是因为必须让家里琳琅满目的书
整饬得方方正正
就不会因为眼镜的穿透或疾恶如仇
让想念的高空越来越浓烈

刚刚好，我和女儿都没有近视
我们把每天的"新冠"通报看得很清晰
那些若隐若现的数字与人性化措辞
如我，在村里斟得冒冒的酒花
舔一口就开始祈福
女儿和她所在的城市

远远的航线与心间的距离特别直
直到醉了，眼里也还馋着墙上的酱酒

我用酒花画出来的女儿特别美
尤其是，她一边毫不饶恕地批判我
一边大喊
"爸爸，我再过几天就要回家啦"

大寒之后，村里瘦的路被挤肥

这些腾空城市的车水马龙
挤回村落，我想
平时拥挤的城市和车位难求之苦
该轻松下来了

大寒之后能听见春天与除夕临近的脚步声响
我却不能享受这份清闲与洒脱

即使，从村里晚晚回城
也要从城市再出发
去挤那条越走越窄的回乡路

我的老家也还在农村
年迈的爹妈在家门口等了很久

赶娃娃场

儿子也长大了，比我高
可他还是坚持要去赶娃娃场
我也跟着去，我想
万一能遇见熟悉的人和事呢

是遇见了
看上去他们好老
感觉都比我老很多
我不相信岁月已"老"

赶完娃娃场回家，我照了一下镜子
故乡的镜子不说假话
照见，洞见，遇见
我也快不认识沧桑的自己

装一坛乡愁出发

扎紧欢声笑语与孝悌
闻着老爹精心备足的"年"
辣椒酱，糟辣椒，泡苦蒜头
与依依不舍
出发

出发去我驻守的大山里
出发去我的小小村落
续写同心同仁
从《裂口》到《同合》

山里的读书会

本想约一场肥酒
给驻守紫云的姐妹们深深祝福
三月七日这天不遇周末
与提前过"三八节"的姐妹们民主商议
让酒樽矜持
空杯留香

沏一壶清茶代替糯米酒
邀日月入座
从陶渊明到谢灵运有田园芬芳有山水憧憬
与丁香书屋之星辰汇成大海
叽叽喳喳

我们也安静如初
脸上桃花如胭脂开放
回首蓦然
山里的读书会
是心间之细雨绵绵

没有回城的周末，挖野菜之乐

马蜂于窗外筑巢
如给我定了一个闹钟
蜂，让我提心吊胆地入眠
入眠后的梦常常是野梦

马蜂窝在椿树上长大
椿芽，我不敢说弄得到
芽确实太挺
朝着天空的尖尖，我够不着

折耳根把我举过头顶
够得着，摸得着，才闻得椿香
还有野葱、苦蒜、清明草
都在喊
"挖野菜喽，明早，早早约"

山居有野酒

山居的窗外秀着姿容的松
被寒风蹂躏了一个夜晚
只需天空微微搬开一丝亮
松之品性彰显

每一颗松针皆是铿锵的
张着笑意直言的嘴
山居野性是扎了心的老铁
即使枯落于廊桥也直直
也桀骜不驯，一看
就是喝了野酒而不畏惧风寒的汉子

山村醒来

我们都是小孩的时候
我们哭声一样
我们都是少年的时候
我们志向与梦一样
我们都无助之时
雾春藏着的鸟鸣一样

农村是一朵尼采种下的时蔬
面子打翻座次时
本末倒置的海被挖空
空杯留卷

有些公知在山村
醒与不醒都比不上李花白白地盛开
如在群山享

下篇 『时光』雨

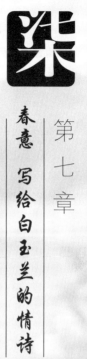

柒

第七章

春意 写给白玉兰的情诗

雪骨头

听见雪的筋骨
在老屋后山宅下

总想着，如果遇见阳光
这些厚厚的嫩嫩的雪
会以什么样的方式抽身
从洁白的雪处躬身入局

拐　点

油菜花抬着我的眼神
把老家的小屋涂成春天
这个庚子的春节我早早离开故土
连祖坟也没来得及祭拜

今天是正月十九
终于见到一个"拐点"
"没有新增病例"是最好的消息
如春天般美丽

我期待春天走慢一些
油菜花谢迟一些
清明节回去时还能闻到花香

此时，在黑了很久的光亮之前说点什么呢
就一杯清茶徐徐
我的亲人啊，一定一定要安康

诗人可以一个人哭泣成酒的样子

回味一下，如果
连真爱都没有的话
还有什么呢？

诗人的另一个语速
拒绝不快不慢之阳奉阴违

真实，总是跟着蓝色之美
与天地一色划拳，大声喊
大声喊出
"我爱你啊，五不亏啊"

那，是下班后的一壶酒
正轻轻朗诵
《带阿字的亲人》

梦想那湖

阿妹把高原喝高
阿妹就划着枫叶去了湖心
阿妹舀一碗清澈当酒
阿妹沐浴更衣，起舞怒怼虚伪
阿妹那眉是湖上的桥
阿妹与湖里的小鸟一样睡姿灵动
荡漾涟漪

高原的湖也是高挺的
如清镇高海拔之高峰的宝塔山
那上风上水的 1762 米，拼搏的姿势

宽宽水域让火燃烧
贵阳以西的湖心燃起红枫并告知天下
爱一个人很难
再难，只要有火焰就执念清高

高，清者也
有樱花三月
有冰雪奇缘
有茶园万亩
有湖水沏茗
有驻足凝望
有岛蛇共生

人生要懂静谧为清
清为亲，有亲
梦会变成暖暖红枫
红枫成湖

美湖秋意的背后

面斥那些利欲熏心吧
它们沆瀣一气
从不把眼睛当光明

最恶毒的语言都可以用来咒怨
对水的玷污者

水为人之肾
人类一定不要成为爱的傀儡
人类必须是创造奇迹的英雄人类

诗人和诗人之笔都是来讨债的
并非何患无辞
真罪是谁用混浊亵渎我的清澈湖水
诗将口诛笔伐

今日红枫更叶红
那是"乡村四月闲人少"的写实
那是"半亩方塘一鉴开"的写意
那是"天光云影共徘徊"的仙境
那是"为有源头活水来"的哲思

深秋是诗,陪我伫立千亩樱花园
陪我步行万亩茶山
陪我轻轻转身过去,问湖

湖说,歇斯底里的呐喊已远去
留下的清澈清白与乳汁养高原
信心满满,化作甘霖养一座城

到有诗的地方滑雪去

到有诗的地方去滑雪
月亮潭就结冰了
高坡的乡场结冰了
云顶的马鞭花结冰了
苗族阿妈头顶的银项圈也结冰

我用雪橇敲响冰凝的风铃报信高坡
写秋意丰稔的诗者十月来过
今又如期而至

雪道起伏弯弯嘲笑我笨拙语塞
脚下泥土捂着脸
瞅我在诗行的雪道上与雪狂舞
摔得歪瓜裂枣

诗人笔下的高坡坚持着诗学自觉
去有诗的地儿滑雪
喝进鼻腔的风是甜意
如诗之柔情似水，字字锵音

扶着雪站着做一欣赏者也如此幸福
那躬身前倾
总让自己年少勇猛的血沸腾

云顶的美景如雪

诗行在洁白的诗行里滑雪
雪之冰冷就星星的归宿
家之味蕾吐蕊，解读家

家是雪修炼更白之地
快乐之茗
墨浓书香之擘画

雪说，很多时候
哪怕一杯白开水也是温泉
雪中有温泉

哭泣的春花

哭泣的春花腰间有刀
值守夏天的门槛
凝固之毒药被阻击

花儿做好了映人的全部准备
口诛笔伐那些撒谎之妖孽

春早挤出露水抹湿嘴唇
嫩芽嚼茶，兴奋不已
有风无风先将气场润透
来之即战

可以预见
不说人话的，小我的，自私的
忘情负义的，恩将仇报的
通通会被赶上案板

急促的风儿吹过，山门就徐徐打开

这才是真实的春味
风呼啦呼啦，撩动玉兰的白裙
有落下的花瓣，就当祭奠吧
让己亥阴霾的春天与魔兽
鸟兽散

年前那场雪修理过的枝丫
还没被拾荒人捡走
山脊一直安静，小路养足精气神
风，真的好大好大
我宅在迷迷糊糊的城中
想起同样宅于老家老屋的父母
风儿啊，给我捎去几句问候

喜欢今天微笑的风
把城市之树拍得啪啪地响
风儿，你别急匆匆走
让我抓一抓你拉风的样子

我的日记里必须有一行小楷
记住莫名状的庚子之春
风是你，悄悄来过

是不是如此急促有力的风掠过
楼下文峰山入口处的门
就会徐徐打开，我这样想
半步之遥的门锁
千万别被柔弱的春天蹂躏得锈迹斑驳

漫山的樱花开得孤芳自赏

等这个春天的恐怖退去
允你抱着大哭一个白天黑夜
让所有的委屈与无奈重现光明

茶山的樱花选择悄悄开放
细嫩的花蕊与鸟鸣拼打出水来
花瓣梳妆又梳妆
樱花嬉戏飞舞时春光鲜艳

回忆捧樱花的校园在飞翔
掂出漫山春色的孤独与矜持
你总是惹人痛爱的样子

这个春天的时光似乎偏慢
我坚信花期最美的部分
是从我身上落下的酒与诗之混合体
呐喊，沮丧，无地自容与懊悔

这是唯一不敢与春光对视的春天
总担心闭目孤芳自赏的樱花
看见病毒之真面时，会魂不守舍
孤独了还寂寞

兰

从老家深山移栽的无名小花
静栖窗棂
小花从阳光里伸头自报家门
是君子之兰

兰说，这个庚子之春乍暖还寒
锁不住五味杂陈的阀门

兰，你受苦了
继续独酌傲放吧
允我"战疫"疲乏时
读你微醺的文字与断行
或，与花儿说说话

戴着口罩读情诗的声音

前晚雷声猛烈
炸碎最后一块冬日
昨晚的夜空以雪的方式冻结黑暗
今天的路通了
小区的关卡也快取缔了
人们也习惯了继续戴着口罩出行

这场雪，口罩一样洁白
就让我戴着雪一样的口罩
迫不及待地高声朗读
《写给白玉兰的情诗》
试试，能否捋得出探骊得珠的香果

写给白玉兰的情诗

如此阴霾的春天
你把天幕撑开，你炫舞苍穹
你的眼神里全是广袤无垠的浩瀚
你如此松弛地绽放
你的眼珠凝重而明丽
你证明着这个春天依然蔚蓝

昨晚的雷声炸得很闷
地层的蚯蚓和冬眠的蛇已听见或已醒来
跑累的城市"急刹车"时会听见
黑暗中病毒的肆虐会听见
也许，只有我能全懂
你如何期盼孟春、仲春也快快到来
我们握成一个铁实的拳头驱赶黑暗

太爱你了，肥厚而洁白的玉兰齐放
我的文字很土却敝帚自珍
你白如兰，"点破银花玉雪香"之芬芳

你提着路灯起床
你查了一个又一个庚子春的病房
你用暖心的眼神接通期盼目光
你风一样的背影写着希望
你熟记每一个病床的名字和籍贯
你给了世界最美的春风荡漾
你清扫迷茫

玉兰啊，你总是亭亭玉立朵朵向上

一直做着擦拭天空的姿势
你不争春，你说
最幸福的时刻是天比你蓝、云比你白
你静静地站立，你浅浅地笑

翻过春天的"白马"，蹄声笃笃

总听见马蹄声响在半山水墨里奔驰
春天的油菜花全身梳理浓烈
在细雨丝丝中入局躬身

鸟鸣沿柏油小路去春播
白马村被吐翠的桑梓点绿
也许是这个春天的声响太低矮谦卑
鸢尾花开得羞涩
在小路边怒放时被忽视

肥硕的背影在带领乡亲致富的路口
站了很久
山和乡村的小路都还没醒来
巉岩上挂着无数的白马
有的仍在攀爬，有的已奋蹄笃笃

织金熊家场的白马小迤
我听见"交交桑扈，有莺其羽"从《诗经》下凡
与我并坐，聆听山野

贫瘠过，牙齿咬破桑田
两年前种下的桑苗抖着枝丫
鸟舞欢聚，随心所欲

整饬的泥土生出板凳与餐桌
每一缕风都是炊烟的影像
每一条开挖的耕道都是肥沃了一个冬季的柴火
阳光点亮，星星燎原

庚子春园的小花没敢开出声响

千万别说没有人欣赏的花朵会蔫巴
庚子的小小春园
小花们坚持着露珠新颜

这个春天哭泣了
有咄咄逼人的责备，有文诛笔伐
花朵也悲怆，听"怼"声太杂

这些怜悯的小花从去年寒冬过来
收起所有的豪迈与乖戾
全是娇羞与自责

仲春了，时令已怒放
而花朵们开得没一点声响

是的，太无味了就转过身去吧
毕竟荼蘼的芬芳是无辜的
也慰藉一下眼泪吧
包容一次泥土的复苏
聊胜于无的春意总是好的
哪怕就一丁点绿芽

等等，等等，再等等
不敢出声的花朵也许大巧若拙

也快了，花后别样的青涩小果
必是惊喜与意味深长

在最冷的日子抚摸着山谷冷兵器的取暖

一直等着冬日到来
去解读"仙马"
苗语说"仙马"是上帝的村庄

最冷的日子，我被凝冻封在仙马
收获着，体悟高原之高那水切片
折射弩飞的声响
弩臂、弩弓、弓弦与弩机
不用详解
只需一股力大无穷

这些冷兵器的构建
无比柔软
看着我无神的被困的眼神

在冰雪的山谷遇水之灵灵
是浪漫心事
雪包扎的黑眼珠越小越美
点缀绿荫的银装素裹越挺越美
冰凝滤过声音越清脆越动听
如远山而近的情话
水升温，池塘升温，严冬升温

我梦想仙马山脚肯定有一汪温泉
那是一页页的遇见与执念
是不与高原擦肩而过的情书

绿绿山谷的任何角落也能挖出温泉

也人声鼎沸，耳濡目染，倾城绝恋
也偏居一隅

此时，我期待山里的水温被山烧开
放牧冬日
一滴水挤着另一滴水
体温，高温，直至熔化天下

或者，我们在高原的水里就这样躺着吧
飘逸成烟波浩渺的古琴与弩
抚摸山谷，如古琴
听清水之呼吸
与我的呼吸奇妙地同频

锄

风吹的时候
最低处是绿绿菜芽
和春天一样悄无声息

田埂上爬满乡愁和童年
尢野的往事在锄头上停顿
我的梦，诸多人的梦
或多或少是因为与这把锄头的关系
让懵懵懂懂搭上敢闯敢干的春天
练翅膀，练硬翅膀

此时的折耳根如此锋利
剪断田埂，让嫩芽与红彤彤冲出

我手上的锄头跟着野菜复垦
复垦心上的故林旧渊

一半花开

我们都是大山的孩子
遇夸夸其谈时把眼神悄悄转移
飞扬跋扈即可视而不见

农村孩子的骨骼里就一个"真"字
实际上我想说
云云种种的浮世
"不认识"
有时很狭窄
有时却是苍生的一条出路

如眼前这些踩着梯子怒放的花朵
一半选择了充耳不闻
另一半，有可能是静等花开
而那一半恰恰唯美

梦见春雨

你说你做了一个恐怖的梦
我猜想是你把春雷揉碎

你说，不
是我们要小心翼翼地相爱

我抬起头来看了一眼窗外
春雨就要来了
紧接着应该还会有雷鸣电闪
在鸟儿自由的翅膀上滚动

雨　中

说吧，什么是你最土最土的名字
是我喜欢喊出的那个词儿吗
水潺潺的，一月

干旱继续，如何给春天留下念想

文字是诗人最好的解药
酒不是，酒会摆白
听懂者不多，话却很长
不如一枚开花的松果直抒胸臆

腰挂一点五亿立方蓄水的高原湖
瘦了一圈一圈，又双叒叕，或更多
还好有阳光填充
那些唱歌的蚌壳才一直幸免
被水抛弃

我不只是看风景的人
我一直揪心
持久干汗，暖阳虽暖
如何给春天留下美美念想

春天的档案

阳光下被记录的一场春天
是春雷在发芽
与春雨之嫩绿撩动大山

当肉眼越来越看清春天的底牌时
过完年的村舍外
赶场和喧嚣开始减轻
外出，路途，进厂，梦，平安
这些年前的议题已存于春天的微信

今天赶场，我也去赶场
留守老人赶场时闲聊的主题
依然是
"儿孙外出找到了什么样的工作"

我悄悄翻开大山档案
素描乡场上听见的勤者
从远方刷来的抖音
笑声爽朗

捌

第八章

夏风花的梯田

花的梯田

夜灯行走窗外
傻瓜般陪伴

我们提着高原
我们高歌文字
我们幸福地埋伏于夜晚

乌蒙花海
这个可以做封面的脸颊
让小拙随性翻身
读懂远近与今非昔比

在花的梯田
花盲与花痴有别
一个活通透了
叫得出天下花儿的名字
一个只懂得喝酒，使劲喝

不过，喝醉的封面
落落大方

再别紫云

和大山翠绿相拥
熟睡乡野
梦里的溪流声响
淌过格凸河、板当、翠河
十个夜晚的鸟鸣敲窗

再别时，行囊最沉最实的部分
是昔日贫困百姓的苦涩
今日嘴角上扬
微笑的姿势拍响群山

与乡亲摇一摇手就要离开
紫色之云，云卷云舒的心境

在锦江边

传说中的花果山
继续欣赏着锦江之澄碧
我看见孩子脸上的晨曦绕过小舟
晨跑的倒影牵动柳絮
每一丝风儿都和我打着招呼
也握握熟悉的手

来过印江

一定不会把你写成一朵花
一朵花之美太软
我只需远远闻见你的芬芳即安

那墨香是插进大地身体的笔
写上名字或情话与遒劲
之后，砚与汁，和梦一样浓郁

我是真的来过印江，那天
印江的天空蓝成一刀纸
如没有杂音与走墨的生宣
那悄悄咪咪与躲躲藏藏的纯粹可圈可点

来过印江之后才懂铃之厚重
那是梵天净土书写规则中
轻轻压来的印痕
流进人心时的书香波光粼粼
如我之江水浪涛奔袭
隆冬多了潋滟

你在江口

你在我的江口
水之冠冕与童话重生
我在你的江边
江是我们在江里的动漫

那些奔放的遐想在山水间回到现实
廊桥遗梦的昨天跳出生活
浓妆淡抹

一滴一滴梵净山的海市蜃楼在金顶
你我云中最生动的虔诚与故事
一个接着一个上演
心愿与祈祷同在

听见幸福的轨迹可循的对白了吗
悄悄话般爬满衣衫
从江边江口一直往上

刀　伤

是那些刀伤遗留了枯萎
是年轻时口无遮拦埋的单

冲冲的竹啊，气盛时
何不包裹得紧一点
或更紧一点

英年早逝的风留下教案
刮走了少时美梦，及其他
与黑洞

此时，我听见时空的竹林里
电话响起
机关的声音很重
有点像另一个刀伤
雪上加霜

我的眼神穿过石头缝隙

窗外与缝的关系总是扑朔迷离
尤其是有一朵花在吐蕊时
世人目光看穿的不仅仅是城墙
或故步自封的造型

阳光者的阳光之视
让我的眼神穿过石头缝隙
看见冷空气与呼吸碰撞
融化空空

金刺梨的夏日

戏台如此空旷
人少得怯场
修仙的金刺梨在郊野青涩

可以想象两个月后的金黄
丰稔如人生课题
懂再大的风挂在雨上
善人天下
小心翼翼即安

马头墙

翘街的风物仰着万马之头
说醉就醉

天空也跟着醉
交出纯蓝的疆域
给善跑者无垠与宽容大度

我听见马儿奔袭的蹄音
在高原之高处嘶鸣
追赶另外与荒芜

榕树下

孩子稚嫩的哭声在都柳江上铺成一面鼓
远行时拴在腰边
稍有闲暇就打开敲敲

有时节奏
有时凌乱无章
有时笑声朗朗
也泪眼婆娑
有时，那张鼓还会喊出
"妈妈，妈妈"

所以，远行时记得
带上孩子的哭声
榕树下，睡得香甜

街　景

总以为你是最美的
我们在酒里畅泳

累了，学学随性的家乡
把大街睡在背后

老乡只需一个背篓里有乡音
就睡得安稳
那么憨实的微笑
足够铺成一张露营的床

五 月

风物在夏初如激雨
刚刚好听见另一味良药

应该是五月的小胖
高出地母半个头
青涩从门前小池滴落
风屏很空
不停地敲瓦的初夏

雨滴抬来一杯端午的茶汤

棕叶丝丝缠着粽叶的端午
又绕汨罗江一周
回到千年，又一千年

滔滔江水诗意渗透力强
如很强很强的屈原
沏茶回战国时期

端午很美的雨滴有心事
站着也泡出茶香
糯糯的

在夜郎谷

既然，天使都去了鬼城
世界就该真实而安静
美美的音乐也就赐给魔鬼吧
或许魔鬼有听得懂的

嗨歌的小屋石头喧嚣了很久
他说，为了声音真实
自己在夜郎谷的雪季种菜
夏日种田

然后搬出一把吉他
在蛙鸣的欢愉与悲凉中挤出民谣
呼吸站弦上
苦一苦自己即美

去高坡的路上

仲春时节去高坡的路上
风儿与疾驰的车窗软软微笑
路弯得软，山的短发软软飘逸

我们赶路不急
我们在半坡停靠一会儿
我们画一个停足印记
我们遐想去山顶的露营基地和观景台后
找那个让我们停靠过一会儿的栖地
是否像"半坡"那样诗意
春潮软软

路边的野草软得像一张床
搁放春天的床
"石门"二字站路边
"半坡村"的指路牌明显
我认为，人生去高坡的路
应该是必经半坡

所以，在高原这幅一路春天
百花争艳的油画里
我喜欢溪流的无限远近于山涧

花溪飞扬

高山上风化的石头如头
看得清人体与植物的肉搏
很多时候我抓得越紧
哪怕轻轻一动也是惨烈的
你凹凸的锯齿咬住我的手
我们僵持，等蜜蜂闻香

进花溪很深之后懂了
飞扬都是从心底涌动的暖流
你一动不动的美丽之核就是你静如花溪

尽管我们预知要飞扬
我却最喜欢你纹丝不动的样子
与青岩的青石、公园的湿地
与状元府的猪蹄、玫瑰糖及其他
续约那个最是"浪漫"主题的大河
飞起扬帆

所以，我一直探秘，花溪
在成为一个地名之前
可以想象那里的花有多么娟秀
花抚花，花挤花，花护着花
九曲十八弯的花流成溪

挺拔的云杉

只给世界一个简单的理由
直直生长
理由最是简单明了

云杉的每一叶针叶，说
它的指甲就是兵器
从黑暗的甲胄里抠出亮光
照出勤勤者
脚的影子

那个好长好长的缆车

如果不招来狂风蝶舞
别说自己有多么优秀
长，是优秀的一个部分

正如我在华山顶上举起的剑
如果不把黑夜辟醉
山的夜色就不断放出星星
也会诱我深入秋天

人心沉疴似乎慢慢变暖
解读着被诱进北方秋天是幸福的
再深入就是秋天的瓜熟蒂落了

徒步华山是勇气的剧透
千万别说势利和冲动
华山看得见，缆车看得见
在好长好长的缆车里
轻轻一跳就是云端
也还有灰飞烟灭

那些泥土的芬芳我全都认识

翻开你全是你的影子
我思考着收回文字
开始酿酒

近来感受到了你的兰花已怒放
最羞涩的几朵也在夜里掀开衣角

高傲的风继续，总是
标榜自己的拂面之功如何把折耳根拌得入盐

我孤寂地留在城市
笑一笑，这些还没醒来或还在酩酊大醉的街面
也许昨晚伤心逆袭
也许略略地还在伤痛

理解我，路过折耳根的街道就开始想家
连那些抖落的泥土我也全部认识

好消息

平时我把诗写得长长的
细节，场景，氛围与孤寂
涉猎至深
甚至听见悲切与笑声也不舍松笔

这个冬季，宅老屋的诗
都屏住了呼吸，我写得短
再短，更短，超短

我的灵魂一直在期待
听见从洞庭湖之北传来
三个字的短诗
"好消息"

一场雨悄悄来到高速路口舔风

那是你自己的自己
从遇见到再遇见，再到再见
都在重复着风的凌乱

耍猴与耍赖都一个"甩"字
再柔弱的锅也装着哲学
明不明白是跳梁者的丑态
与一场雨的经历无关

我的村庄终于等来几丝微笑的雨滴
那横跨村头干裂的高速路
却在匝道口张开嘴
聚集了不少嬉皮笑脸的内卷者
等着舔风，甜甜的风

水车渡

水车的语言体系有点散
它说，如果有一天赞歌唱累了
自己有渡不过去的坎
就学水车咕咕转动时
依然在心里举起同意的手
熟视无睹

那时的道法已变成水波
即使万劫不复，也一手推转水车
一口振振有词

第九章

秋景 我是那个在故乡小溪里裸游的山娃

旧军装

离开军营十年
我的身躯一直没瘦
刚好丰满那件旧军装

离开军旗很久了
我总是怀念那个互相欣赏的团队
甚至有时会争吵至孤独

是这身旧军装陪着我
好吧，你和我都醉过
我的旧军装空了
你我各跑各的轨道

只是，流星在交融时拖出光亮
多少次在梦中
旧军装走着齐步
抬头挺胸两眼平视正前方
像我抬起的右手，情不自禁

放映员

还是那小木凳的声音
从噼噼啪啪到整齐划一

还是那拉歌的劲爆
从训练场的刺刀生威
龙卷风刮来
"一二三四五，我们唱得好辛苦"

做新兵时，我好羡慕放映员
他活动自由
夏天的尖嘴蚊离他远远
却穿过我的厚军装咬牙切齿

我做了放映员后
从不怕暴雨来临
哪怕是雨滴密不透风时
一把伞只属于我的电影机
我的观众也永不会如鸟兽散

我只担心停电，没电了
我的士兵兄弟们的安静与等待
让我看见的只有他们的眼珠子
在夜色里晃动
一直到我的梦中

我在水尾村

山永远是江湖的翘楚
巨擘的指尖如此轻盈地勾勒山寨
炊烟是熟悉的
乌江的故林旧渊袅袅婷婷

水尾村的太阳年轻
种下向日葵
腰青春,直得高过山脊
挤出烟波浩渺

水尾村的月亮从水中升起
碧澄的江面等着太阳的玺印
盖过之后
湖面就越发地"红"
等着云蒸霞蔚

有"红"脉的名字无比亲切
大名乌江种下碉堡的故事
红军走过之后打的全是胜仗
小名水尾村今日
水丰人润

在油画家的窗外听见萨克斯响起

太美了，这就是一幅油画
从西方文明的雪山走来

在油画家的窗外
我听见萨克斯吹响
那些真正的油画在小小的角落
尖着耳朵，踮着脚尖
聆听如此颤动的乐谱来自东方

是的，每一个跳动音阶
都美成一种意象
极致
加上童稚的纯音
有儿童与少年声响

这幅画被天幕构得极其完美
有浪漫的多元素
也许，这正是萨克斯落在油画上的本真

美的事件，往往
每一个音都是一只鸟儿在鸣叫
幸好，萨克斯演奏家的窗台
没有挂风铃
但窗外绿色的树丫和舞蹈的叶子
像风铃伸出的耳朵
拍打着一条河

合影时的口号

脱贫攻坚的督查队员依然不易
从"大战六十天"到"拼搏一百天"
肯定还有"再战三个月"

在国家级深度贫困县紫云
在麻山腹地的大山里一待就是一周
跋山涉水
起早贪黑与走村串户
常常加班加点

督战队员们每周五开完督查调度会
如无特殊情况加班的话
归心似箭

而我，总留一留
我有三个同事弟兄在县城外
三十公里的板当镇驻村
去和他们见一面

哪怕他们在忙
哪怕他们在外找资金或推销农产品
哪怕他们在抢险救灾一线
哪怕他们烦我

也不论他们在与不在
我都坚持去走一遍
看看他们和那些熟悉的风物
也听听老百姓对他们的点评

见面时，我说"哥哥辛苦"
他们总是谦逊地流露
"是全办的团结友助与力挺，才让大家如此快乐无忧地工作"

每次小别，我心里总是甜甜的
习惯和弟兄们拍一张照片，尽管很丑
每次合影时我们都情不自禁地喊
"为咱们杠杠的融办点赞"

鸢尾花

这些从梦中走来的花朵
牵着一串问号敲开我的夜晚
我最感兴趣的是春天问我
为什么鸢尾花开得如此鲜艳

我手里有张梵高递给的纸条
体温如故，上面写着答案
我也信服那样的答案
鸢尾花开得美
一是它的全身永远爬满鸡鸣犬吠
另一个原因是它离泥土最近
贴着地面开花，开出乡愁

高坡上的心宿，星宿

还是起雾了
松尖最妩媚的苍翠留有月光影子

高坡撩人的部分是布依阿哥那英俊
他们白天顶着太阳劳作
晚上提着糯米酒牵手月亮

似梦似醉的月亮说
我们可以飞翔
但别松手，要是松手
灵感就去了心宿的牧云
或星宿的心语

心之宿地，刚刚好是星星的宿地
一"心"一"星"，相加就成了"宿"
是两个装满星星的民宿的名字

躲在心里的星星有了宿地即美
我还目睹民宿里每一间小屋
藏浩瀚无垠的暮语
暮语最喜欢与星星对话
声响越来越轻，因起于心

一组行走的诗行

听说，我的乌蒙山上
韭菜花开了，杜鹃花开了
梅花躲着躲着要开了
很久，或等梨花一起开放

乌蒙山有高原和雪山的秘境
让我行走，采摘收货
醍醐灌顶或眼眸子亮亮

一本诗刊是先锋的
他们怜悯我的脚步被乌蒙山脉掰得很开
踩在雪的高原上
骨骼闷响

也写彼岸花

依然那么轻盈
自从在你的眼角埋放古琴
这个叫"彼岸花"的花
没有叶的花
诗典的花，开得裸意的花
就是山的妩媚动人

我是彼岸花一样的寐语者
有古琴勾走我的指头
也指尖，还指纹

颤音敲击
提醒万物与你我
不轻视泥土之菜与芬香
也许一厢情愿

别以狰狞的低音斜视听琴之人
那些真挚的语系欲言又止
及目光挑剔的伸伸缩缩
最是舟车劳顿

彼岸花开在丰稔的田埂
诗说相望
"两不厌"是最真挚的红酒酿师
酿山的遐想

我是那个在故乡小溪里裸游的山娃

把一条小河夹在裤裆
抱住整个夏天
他们像河里的油鱼棒精灵
嬉戏之水万般清凉
他们看得见别人
也看得见自己

我是那个裸游的山娃
溺水听见鸟儿献媚山川

我懂溪流的郊野
鸟鸣故乡，风清气爽
彼一时，瘦得白白胖胖

汇善谷

别让星星记住一汪泉水的名字
星星是从这口泉眼里蹦出来的
星星蹦出时，那株蔷薇花还是少女

山水母亲为星星备足了盘餐
一个个鸡蛋从泉眼游过
即熟透，成了星星和鹅卵石

蔷薇花扎满盘餐才出嫁
高温的源头正是无邪无恶的姑爷
出嫁时泉如水晶
也无污浊
所以我不问你年龄
只看你用水温抬着山谷的云蒸霞蔚
那是自由自在的故乡

水仙子

水仙子的故乡叫芙蓉江
芙蓉江一出山就不改名换姓
融进乌江时依然清澈站立

我一锄头下去
冒着热气的月光水面全是你的影子
分分合合的影子披着月光涟漪
桂花树乐了，吴刚也乐了
散开的山越挤越拢

是这温泉水之美节节忠贞
每一段芬芳都有芙蓉花开
也有彼岸花开

汤，及其他

一条有温度的河流越奔腾越妩媚
注定了她首先是一条河
然后是一条河的仙子
满河的仙姑在山水沐浴
那汪泉水鸟鸣啼
那汪温暖之水汇于善
那汪鸟鸣诚善于山峡水谷

仙子从古希腊神话里出走
一直向东走到了这里
见天上日月同辉
见水里日月同池
就决定了定居此郊野
写一本本王子与仙姑的书

汤里装着日月交替
听山峦叮咚
水里温度高，煮星星和太阳

汤是镜像
低了凉，只等汇于善的水温
烫了曲高和寡
孑孑不独活
"善"，是刚刚好的手心

从遵义到延安

今年的桂花开得特别茂密
香得逼人
从遵义香到延安

遵义的桂花举起米粒一样的花蕊
与陕北红枣熟透的灿烂
齐声喊：遵义，延安
一在高原之北，一在黄土地之北

我从遵义到延安时天气还热
延安是中国从赤水河四渡之后
打了胜仗后
趟过去的五角星
我戴在头顶熠熠生辉
遵义是杨家岭转过头来的精彩华章
转折之城，我用诗歌轻轻唱吟

写给窑洞前的那棵猴头枣树

干盐菜要吃出阳光的味道
阳光在陕北是勤奋的
如我翻动一本历史书的速度与节奏

窑洞前的那棵猴头枣树总是微笑
细细的叶子在秋天把果实举红
任凭黄土飞舞拍打

我在枣树下看见有鸟儿飞过
盯着树下尘土里刚刚长出的新草

这是稔熟的秋天
我在枣树下以一个姿势坐着
学板凳需坐十年之冷的哲理

大山用诗蘸着辛酸陪伴深秋的月光

孤独的米酒
我喝了一口就是周末
另一口等你的唇
从山顶啃完高粱玉米就归来

山里的路很弯
每一个弯的路头
都是你的细细汗香与微笑
微笑是你读了很多的书
酿了属于自己的孤寂和文字
陪儿伴女

脱贫攻坚的仗打了很久
我出门也很久了
看着秋月，只要你对我轻轻一笑
我就缩，再缩
缩进你瘦小的脸颊和酒窝

再然后，我敲泥土的门
独坐桂花树下
用诗蘸着辛酸与深秋的月光
挖空自己找出歉意的对白

读　秋

我来的时候，一阵阳光在收割诗意
我住下时，秋雨打湿秋的思绪
我走的时候，田埂上已是彼岸花开

彼岸花点燃高坡的秋
我采摘一朵
彼岸花插入我的高坡记忆
让向往，穿过那片天然林场
路过那片翠翠茶园
让盘山公路的格桑花随风摇摇

读高坡的秋是花的世界
马鞭草开出的花朵
险峻躲藏
蜿蜒连绵的呼吸已从千亩梯田
入肺

我的酒量与你的酿酒一直未决高低

高原腰间挂满收割高粱的镰刀
锋利的镰刀辟邪
七亿年的红土煅烧镰刀的钢火
味儿足，却输给酒之液体

赤水河跌宕起伏的上游中游
霞谷川流云雾飞鸟
或魆魆众生
流水是纤夫的肩胛骨
一层厚厚的甲胄如水之赤红

酒河穿过乌蒙往下
往下即胸宽体胖
酒河的灵性在天地日月间穿行
两岸的花朵滋养酱粮

我看见的酒曲在炊烟里冒着酒气
我看见纤夫留下的老船冒着酒气
我看见那一个个崛起的酒库像山包冒着酒气
我看见"四渡赤水"的冲锋号
斑驳的枪声和炮声，也酒气高涨

离开习水的时光尽管很短
我的酒量和习酒的酿酒之量，或
"量"之高低一直未决
也与赤水河的酒意一直未决

乡场上

赶场的阿妈从云上来
云的顶尖处下着雪
夏天和秋天也下

高坡白莹莹的牧羊群
在怪石嶙峋的山包上
学云，云蒸霞蔚地舔着稻花

香了一夜的秋雨与丰稔的石门对弈
引着我去乡场的老屋上读红军标语
路见养画眉的大爷
路见大碗喝酒的高坡风情

苗族阿妈的话我一句也没听懂
斗牛场的呐喊与输赢却燃烧烈酒
什么也没写出来
总感觉这个深秋的花朵摇着快意的蒲扇

举壶"军台酒"喝醉重阳

是不是，你那里下沙了
高粱出嫁
送行的仪式如此隆重

重阳之水在赤虺河畔盯着善酿者
眼神搅动，泥土，唢呐，号子
整装待发

我的眼眸陪着红高粱一直走
下沙，九蒸，出酒，封坛
汗水不回头，鼓声点点

我举一壶"军台酒"喝醉重阳
喝过今天，我就试着戒酒
我在窖池中掠夺惊喜
找回醉梦里桂花的酒坛
溯源放香

时光在峡谷里
峡谷那间老屋很慢，慢条斯理
问我，我问酱香
哪一页离开过"军台酒"的糯糯风情
与文脉经典，与风景

把话筒递给说真话的泥土

山里孩子长大后站在了讲理的一边
议家乡言之凿凿

隔着森林我能听见
乡亲为了来年种什么在争论
吵得灯光摇摆，结果
倾向于泥土的本真

大山的咳嗽粗声粗气
穿云驾雾，冇装聋作哑痕迹
至于泥土里种苞谷，大豆，洋芋
再简单不过的事儿本就是泥土的话语权
话筒却常常闭嘴

大山的每一声咳嗽啊
皆铁锤击打钢钎
也许溅
也许颗粒无收或撕心裂肺
或遇干旱，无奈唏嘘

千日守土心得，笃定
把话筒递给说真话的泥土

山村是我喜欢的以小见大

昨晚的风好大
春天匆匆的脚步
我的山村等一场春雷与雨太久
包括青冈树，人饮，鱼塘，油菜花

山听不懂银河浩瀚
干燥的山门已瘦了几圈
昨晚推窗的风
撬开心扉过猛

我目睹一股风的站姿
跺裂小小出口
露馅我喜得的以小见大
和娓娓动听

拾

第 十 章

冬天 相拥等候一场雪到

生姜，或早晨的霞光

窗外的霞光贪吃
可不论吃了多少美肴总感觉没饱
姜和海椒是稳稳的味道

所以，归居再晚
也会情不自禁打开冰箱
冰箱里藏着故乡

夹一口，辣一把
嘻，嘻嘻，嘻嘻哟嘻嘻
咧着嘴哈着气上床

饱了的夜晚睡得踏实
还香

邻　居

邻居老刘是四川人
每到逢年过节他都会带上一丁点
他老家的特产来串串门
春天的樱桃，夏天的杨梅
秋天的张飞牛肉
冬天的麻辣猪脚，或其他的又麻又辣
我也这样，如老家的空心面
下乡买来的紫云红心薯
拎着去敲他家的门
家乡的味蕾又糯又甜

城市邻居之间很少往来
一次邂逅
知老刘与我一样
父代以上世居农村
在无亲无戚的都市
我们读透古言
"远亲不如近邻"

在东峰看日出

山的胸肌是北方的样子
偶有的娟秀是峡谷间那条小溪
小溪是沿华山的剑锋
吐出雾和阳光

没有折腾和晦涩
干干净净地等最后的光亮
让太阳看着山峰的塔尖
举着火把煮云
再煮山川

喧嚣又一次退去了，有的
退到了山下
有的在继续攀爬
华山的太阳在东峰上看得最清
在东峰上，还看得见西峰的落日

梦见温暖

立冬了，我的爱开始慢慢转移
我不愿意呼吸更多的凉意
或，让酸涩也不被记住

我在立冬前夜
披着季秋的衾褥
整整一个夜晚都在梦见
一只温暖的手

有一种可能是我慢慢离开你的城

好吧，记下了我被我
苦苦追寻的月光甩丢
很久之后
只读你在我心中的样子

可能我会慢慢不喜欢你和你的那座城市
那座让我执念的城市
我奔跑的城市，我与夜晚扳过手劲的城市

那里的山涧太美
腰间永远有一层雾如轻纱
我的小汽车与孩童的玩具车一样
如冰凝中轻盈的小兔
一次次野趣之后有宁静停靠

没有必要体证那种莫名的可能之可能吧
既然会慢慢地不喜欢就不喜欢
不管是形而上或形而下之

如眼前这株古老的银杏树
细细碎碎地似乎听懂了秋风，或其他
而什么结果也没有

没有结果的结局反而让人年轻
年轻常常是一个人孤独的生长模式
放心吧，一千年一万年
那叶子最终会变成另一种金黄
飘飞绿意

这类执念只发生在初冬

清澈之水一个劲儿冒出来
多少片枫叶飘飞
为了明白簿上那个"名"字
我学着咬文嚼字

也许枫叶没那么复杂
像初冬的雨滴跳舞，自由落体
也如我总将初冬雨滴幻影成
雪花的样子

初冬最具想象力
如薄薄被子慢慢厚实起来
目测雨滴依然
在窗外看柿子红透
枫叶稀疏，石板凳孤寂
拐枣树挂满露珠

可以肯定，这类执念
只发生在初冬
味蕾牵着的手没松过
走一路追一路

腊月，我的鸟儿及其他

远山有人点燃冬日
阳光活跃
在香熏腊肉的腊月
我的目光穿过一扇门
门狭窄，框出的太阳软软

春天走过的样子是山之风骨
举旗奔跑
鸟儿闻风而动
跌跌撞撞，跌宕起伏
跌倒又爬起

如此别致的风情
我的鸟儿闻烟雾缭绕飞翔
我的鸟儿不知世间腊月也香
我的鸟儿一直以为天下只是春日芬芳
我的鸟儿一次次在窗外自语
谁叫你如此清秀美丽
腊月的花朵

想起那晚的河流与风

渡口边上一阵风急急地吹开了你的门
一阵风猛猛地推我进了你的小屋
又一阵风，那般烈焰

没过多久，风又来了
风敲击我不觉疲惫的背心
你的门又被子弹和火把打开
星星的眼睛眨着眼神给冬日助力
风儿越战越猛
呼啦，呼啦，呼啦
手榴弹，红色的赤水河
与纤夫的号子，与那猎猎的旗

怀念那场风的动静
是二万五千里最得意之笔的照片挂在窗前
我们抬头在最热的季节遇见冰川
冰川孕育的河流真就如此冷艳
是镰刀和斧头的刻痕

习水羊肉的妖孽性

那天的太阳刚刚卸妆
那天，我的提包里有一股青花椒的味道
青涩扑鼻地讲了好多麻麻的话
在你勾调的迷魂汤里如一个幽灵

习水羊肉没有往事随风
在一碗羊肉粉里原汤再现
你的纤纤影子在羊肉汤里滚热
我说，我们再熟悉也要分清月光和太阳
我们要在意星星的眼睛
在冬日里暖暖地御寒一下
从习水归来，我常常勉励自己
别光念着羊肉
还有美酒及其他

晨　露

奶奶和她的孙子
把山村的鸡鸣狗吠和晨曦
都割进了背篼儿

晨露裹挟于白菜心
一语不发，扑哧扑哧地笑
可开心了
要和我们一起吃火锅

也许，可以抗寒

读着孩子们灵动的文字
眼眶开始升温
家乡的样子越来越模糊
又越来越清晰
最后掉在一滴眼泪里

我的剑法在冬季会更优雅

这部剑法从未被人练就
侠道衷肠与仕者从根脉清源
就一个"正"字扬天下足矣

剑的芳华永远不会褪去
如你肥硕的外衣
等着雪花来，来舔舐

我手持锋利的剑锋划过昨夜
好像，路凝冻了，心情也凝冻
不过我还是希望你来
来了之后就冻结成这个冬天
春天也不融化
点燃烈酒也不融化
让那部剑法慢慢觉醒
看清，剑指何方

仙人掌

冬日，万物如荷
你却在无数冰冷中挺住
不懂者以为你就一副苦瓜脸
孤傲地、斑驳地与严冬抗衡
唯我心知你从不畏惧风霜

绿绿的纤纤身板是你
需我粗糙的大碗肉肥与酒樽
精心呵护

所以随便你的语言长出什么样的仙人掌
对于刺，我皆熟视无睹
我只铭记你柔软的部分
常常泡出一杯温温清茶

市北路

云儿，你继续
我行我素独自芳华吧
那是我无比喜欢的样子

市北路是一朵云的宿命
筑城千年之绿封窖的风水
在野菊花仰望的星空中
那前世之美
因果你今生的更美

也如一拂绿绿的光照着我们
我们在光的花园里出发
或栖霞

写给那个让我梦游的栖地

如果不在诗里吵成腔骨
谁还承认自己
曾经是一位写过诗的
以个性之普世唤醒世界的人

我深信天下不会只有忘却
也不会在意
梦是怎样丢在银杏叶下

正如只有看见自己的家乡死去
家乡母亲死了河流才成为母亲，万千孤寂
打结成一个筐的海量

让梦去祭奠吧
那片让我梦游的栖地
或是，能证明
我是你睡得踏实的猛药

河　殇

这次回到老家听见
村尾的那个豪猪厂关掉了
终于关掉了啊
听说是触碰了野生动物保护法

村尾在上游
三年前有了那个豪猪养殖场
门前的河流就滴着粪味
母亲也就再没去河边洗过青菜和衣服

幸好有那么好的法律
否则，我的一方父老请不起状师
也就不知多少年生活在粪味浓郁的河边

连绵秋雨让故林旧渊的思绪恶化
老母亲在老家在
也许，就这场泡乳乳的秋水过后
故乡河流的沉疴会痊愈
不再哭泣

等候一场雪的到来

还不来？还不把你的云朵搬来？
我这里的晨曦红如烙铁
只要见到你就会连你一起融化
化成红色的彩霞，美过初冬

杨公塔

世间都说是太阳照亮云朵
在华山顶上有时会发现
是云的羽翼唤醒太阳

的确奇怪，这么高的山有时也没一点风
没风就能清晰听见塔在说话
母语般的碎碎念

读将军之塔是无比厚实的
如杨虎城久等的那抹细细阳光
从嫩嫩的初阳拂面

夜之松针会融化星辰
可是，能融化华山巅塔的语音
唯有对母亲的思念

是的，我看见山巅处一九三一年的春雪
一直铺到秋天
那红叶也没落下
加索置栏筑成一个"孝"字
被太阳化名
"杨公塔"

险 道

好吧，你就是我深闺
以秘密的方式储藏
险峻和锋利

我试了一试
从山脚踩着云烟成雨
搬开秦岭的巉岩出发华山
而那些头也不回的诗稿
韩愈已撕成碎纸片

解"合"字

遇见了比糖还黏稠的风物
爬手上，等你浓烈

"合"字是你中午开的一个玩笑
逗我无法午休

"合"字顶着的那个"人"是大人
那一横之下的"口"不抹口红
山里的"口"有舌头
不舔上也不舔下，直言直语

"合"字是乡亲洗得干干净净的菜
太干净了，味蕾不一定丰富
或只有清香汩汩

给您拜年

捧一口故乡
风是甜的
茶芽是甜的
山涧淌出的清泉是甜的
郊野奔跑的鞭炮是甜的
挂树梢的春联是甜的
我为您酌满的酒，更甜

甜甜绽放，如牛年第一缕阳光
举着春天的花朵
送达我的新春祝福

驻村人

1
时光就这样轻轻打开
祥云低矮，铁轨蜿蜒，蜡梅吐艳
新春的风儿如一汪白云
垂柳拂面
一盏盏烛光与新年的动车像一枚呼啸的子弹
穿行崇山峻岭间
向着乡村振兴的目标一路挺进

是的，我们是驻村的"书记"
是一缕缕永不枯竭的烛光

2
烛光点燃夜晚，万物就有了眼睛
烛光一经点燃，就迸发出满满激情与力量
烛光啊，一经点燃
就以燎原之势照亮贵州高原四千万乡亲的脸庞
点燃黔之东在梵净山之上
点燃黔之南在都匀桥头的溪边
点燃黔之西南在大地母亲的乳尖
点燃黔之西北在草海心田
点燃，点燃，黔中黔北
绥阳的自然阳光
紫云的云之故乡

3
贵州高原肥沃的土壤养育人的高贵品格
这是红军战斗最激烈的红色之地

这里新时代一茬又一茬驻村书记聚沙成塔
这里是一滴滴烛光的海洋
我们连在一起就是一座座山的模样

我们听见布谷鸟鸣唱
我们看见苗乡有了希望
我们接力相拥就看得见布依山寨里清脆的书香

4
是的，我们是党派出的一束束烛光
与百姓天天打交道是我们笃行的信仰
我们以照亮别人的笑脸为光
我们躬身前行
我们在风浪与人生路上迎风破浪
悄悄地，春天已到
我们拿着我们自己的成绩单回首往昔
那些动容的画面让我们刻骨铭心
那些自带光芒的身影是我们每一位驻村干部散发出的烛光
生生不息的烛光

5
我们每一名驻村书记都是这生生不息的烛心啊
在夜里挑灯，在时间里挑灯，在百年沧桑里挑灯
照亮一个个贫困乡村的希望
一盏盏烛的光亮
让我们铭记"脱贫攻坚"那场歌的盛世与舞的海洋
"两不愁三保障""控辍保学""乡村宜居""合医追缴"
这些响亮的挥之不去的名词
是我们的枕头，在耳畔回响
正是因为我们是驻村的书记

我们忠诚践行"两个维护"在基层一线

我们铭记历史、赓续初心，举旗定向、培根铸魂
我们全力以赴描绘未来

6
"我为群众办实事"直抵人心
老百姓"急难愁盼"问题有效破解
我们用烛光熔化困难的硬骨头
我们用"春蚕到死丝方尽"的担当迎难而上
我们按照"一宣六帮"的要求从不放弃
我们执行"二十字要义"的统揽不讲条件
我们落实"四不摘"要求绝对铿锵
我们战胜严寒与酷暑
我们以百围之木，始于勾萌；万里之途，起于跬步
是的，我们每一位个体都只是一粒小小的烛光
我们在一线按党章要求
唯有行动，唯有奋斗，最显担当与美丽

是的，涓滴细流朝大海奔涌
点点星光汇成浩瀚之星河
是的，故乡不曾远，心灵不再远
是的，家是地理的，故乡是心灵的
我们和成百上千的驻村书记一样
我们舍小家为大家
我们在高原这块热土之上
生命之上，灵魂之上
演绎着最美丽的人生绚丽

7

我们回首走过的路
面对"疫情"一次次袭击的严峻
党性告诉我们
再复杂的形势都挡不住我们这一盏盏烛光的力量
我们不曾停歇，我们步履铿锵，我们向光而行
我们在大山里驻村以组织要求为准则
我们以心为灯以梦为马
我们都是一缕缕烛光
无数次，我们看见炊烟袅袅升起
那是我们内心里升起的广袤的山乡
我们热血沸腾

真的，我们整个身躯就要燃烧起来
我们是这个世界上最美诗行的文字密码

8

我亲爱的战友们
烛光让我们在黑夜里找到更多的你们给予的温暖
烛光让我们看见种子在梦中的校园钟声敲响
就是这一束束烛火的光亮
让我们看见乡村的稻谷黄了
让我们想念城市的夜灯亮了
让我们在乡村振兴的大道上想象秋天的丰饶和最美的画卷
为升腾的希望歌唱

爱，世上最温暖的词语
再多的形容词都无法表达一个"爱"字
无数个夜晚，为我们付出的组织领导和同事们
我们感谢你们，因为我们知道

你们爱我们，你们时时刻刻惦记和关心着我们

9
我们也知道
机关的每一个部门都像一辆自行车的链条
少了谁，断了谁，没有了谁都不行
因为这一辆辆的自行车刚刚好
构筑成完美的前方后方奋进的康庄大道
驻村岁月有无数的坎坷
驻村时光有黑暗中的泪水

感恩组织，让我们在生命中最美的那一刻遇见最美的驻村
时光
是组织和同事们的温暖
成就了我们做最好的自己

10
我亲爱的同事们
听见了吗？春雷已炸响
起伏绵延的大山不再沉默
生命，只有低于尘土
才能无限地接近尘土
才能焕发绵延不绝的激情

是的，我们赞美烛光
我们就是这一支支燃烧在大山里的蜡烛
没有太多的语言
却让生命熊熊燃烧
我们也继续流着蜡泪，悄然滴落

我们手捧烛光
我们阔步向前方
我们灯火照亮
我们走在新时代的大道上
我们时刻铭记
"我们是驻村的书记"

写给后来的驻村人

山后的布谷鸟叫了一个春天
死死封住村舍孤鸣

写给大山太多太长的短语长句
在泥土里挣扎
等松土的锄头一锄
万物雏形与美好就开始萌新

后来的驻村人依然是守村人
在惊蛰的风筝里放飞伤感
折耳根山味的梦想与犯愁的产业
是一部苦脸教案

最远的心扉继续是一场与泥土的热恋
流畅的文字不可以成为抱怨那截
本应成为贴在民心上的音韵
糯糯甜品

驻村人偶把自己揉搓在自己碗里
在泪目里朗诵已写出坚强和自慰和酸楚
还有月光雪夜
酷暑与春雷
伴作邻居

饱含深情地描绘着神奇的山川大地

——读小语的诗

陈家昌

　　小语，是诗人杨杰的笔名。最近一年多来，读小语的诗几乎成了我每天必做的功课。小语好像生活在极易触发灵感的氛围中，因此他诗写得很勤，几乎每天都能读到他的新作。小语的诗，就像一支色彩斑斓的画笔，饱含深情地描绘着神奇的山川大地，细致入微地勾画着淳朴善良的父老乡亲，"汗水汁液越发灵动，在村子的墙上构思幅幅美景"（见《与汗水对话》）。

　　读小语的诗，眼前就是这样一幅幅有温度的画卷。画轴展开，看到的是一幕幕正在发生着翻天覆地变化的麻山腹地山寨的生活场景，看到的是各族村民不仅经济上逐渐从贫穷走向小康，而且他们的精神面貌也正在发生着深刻的变化："百姓的一张张嘴角上翘，百姓嘴角上翘时高过我的村庄"（见《我期待你嘴角上翘时高过我的村庄》）。

　　我知道，这些山寨里的人们嘴角上翘的样子一定很好看。因为我对他们非常熟悉。

　　于是，我成了小语的粉丝。

一

　　小语的诗，总是传递着我第二故乡的欣喜消息。

　　我和小语有缘，或者说我和小语都与紫云苗族布依族自治县有缘。她，是我们共同的第二故乡。1969年初春，我从繁华的上海来到僻远贫瘠的贵州紫云插队落户。当时的紫云是全国最贫穷的县份之一。近些年，紫云以穿山、燕子洞、格凸河等自然景观资源，引起国际地理界人士的高度重视，被认为是"最典型的喀斯特地貌"。但也正由于喀斯特地貌，这里几乎都是石灰岩覆盖着的山地，雨水极易渗透岩层流失于地下暗河，从而导致地表土壤逐渐石漠化，农作物很难生长。记得在我插队的村寨，那时一个强劳力一天的劳动报酬，只有六分钱。到生产队年终结算时，扣除口粮钱，所有农户都是倒欠集体的"倒挂户"。而且，生产队分的粮食总是不够吃。人们袋里无银，腹中无粮，怎么会"嘴角上翘"呢？

　　五年前，我参加由安顺市旅发委和中国旅游媒体联盟联合发起的"安顺之恋——重走知青路"活动，回到紫云，感觉差不多半个世纪过去，紫云确实发生了很大的变化。但是据县领导介绍，紫云依然是全国最贫穷的七个县之一。直到2020年末，在贵州省委的积极督战下，在贵州各地各族人民的共同支持下，通过无数人的艰苦奋战，紫云终于搭上了全国脱贫的末班车，走上了新的发展历程。

　　小语正是2020年省委派出的"督战队员"之一。他在与苗族、布依族村民一起浴血奋战，将戴了很久很久的贫困帽子从紫云头上甩掉时，与这片土地结下了不解之缘。紫云需要这位当过兵，又擅长写诗的"督战队员"留下来，继续发挥光和热，巩固和发展脱贫成果。于是，小语当上了紫云县板当镇同合村驻村第一书记。

　　读小语的诗，可以清晰地感知紫云脱贫战役的坎坷与艰辛，可以看到各族民众撸起袖子加油干的热情与信心，可以感受到摆脱贫困的紫云民众的自豪和欢欣。小语像一只喜鹊，用诗的语言，欢快地传递着第二故乡令人欣喜的消息。

　　紫云在上
　　一层云之薄情，也能
　　赐给春天漂亮风衣

泥土之芬芳给闻得出味蕾的人留香吧
喜欢了，就越看越美
（见《泥土有芬芳》）

今日"同合"究竟大美
落下许多鸟鸣
云海磅礴的样子盖住大山
那是山水相融构造的大气概

此时此地云海不走
观云海者也不走
我听见的赞叹声很挤，啧啧啧啧
我只能用另一双眼睛远远看着同合

宠辱不惊的晨曦是最美的风景
一个劲儿努力着爬上云端
把黑白世界看清，照亮
（见《想着法子让红军走过的土地变得越来越美》）

读这样的诗，很难让人不动容，很难不引起人们的共鸣。

我想，一定是这里的美景，这里勤劳善良的人们，山寨里天天发生的变化，触发了他的诗兴。而他的诗，通过各种报纸杂志，通过他出版的多本诗集，通过他邀请全国知名诗人到同合村采风写诗，极大而又快速地提升了同合乃至紫云的知名度和美誉度，使这块在地图上都很难找到的山地，在全国声名鹊起，引得名人纷至沓来。现在，同合村高高山顶上可俯瞰黄家湾水库的观景台，已经成为到安顺和紫云旅游者的打卡之地。

2022 年 7 月末，我第一次到同合村，也是第一次见到诗人小语。作为五十多年前在紫云插队的知青，我被这里的新农村建设成果深深地震撼了。我和贵州省原副省长龙超云、中国作协原副主席叶辛、中国拍卖界大咖范干平一起登上了观景台，俯瞰黄家湾水库；我们观摩了村容村貌，在村民家里休憩喝茶；我们欣赏了小语在半亩鱼塘与欢乐的鱼儿互动的场景：他拍拍手，大批鱼儿立刻欢快地跃出水面，争先恐后地抢夺小语撒下的鱼食……

更让我感到吃惊的是，在村文化中心居然看到了书法大家鲍贤伦题写的匾额"诗画同合"。我记得最近看到鲍贤伦的书法作品，还是在上海中华艺术宫的"大块文章"鲍贤伦书法展，在富阳黄公望博物馆的"水迎山送"鲍贤伦书法展呢。作为同合村第一书记的小语很聪明，他把鲍贤伦的字做成LOGO，印在同合村各种宣传版面上，用在同合村土特产的包装上，印在即将出版的新著《同合》封面上，向更多的人展现同合村的文化气息。

小语在《同合》的后记里说过，他的诗，是群山围绕的同合村的"山之骨头"，是"同合百姓的笑脸"，是"同合'苟日新，日日新'的佐证"，是他在同合"得到的温暖与温度的加持"。

读小语的诗，能够感觉到同合在他心中的位置，也能够感觉到他对同合的价值与意义。可以这样说，是同合给了诗人更多灵感，而诗人也以汗水、智慧和心血，回报给同合一个更加灿烂的明天。

二

小语的诗，清新脱俗，意境悠远。

在中国和世界文学史上，诗，都是最最上品的艺术形式。戴上"诗人的桂冠"，是古代艺术家终生在青灯黄卷中苦苦追求的最高目标。直到二十世纪七十年代末，恢复高考后进入大学的我们这批人，几乎也都是当时同龄的诗人如北岛、顾城、舒婷等的粉丝。当然，同学们自己也写诗，并且自己油印诗刊，到各高校交流。那时，北京大学、贵州大学等学校的学生自编的诗集《这一代》《今天》《崛起的一代》等，都在社会上产生过重要影响。到了二十世八十年代后期，汪国真走进任何一所大学，都还会引起轰动……

然而，随着信息时代的到来，随着电脑以及智能社交设备的普及和快餐式文化的迅速兴起，诗的创作和欣赏，却变成了一种极为小众的艺术现象。我想，一方面是信息获得的方便和书写工具的简便，使得人们过于追求便捷的交流方式，很少有人愿意去创作"语不惊人死不休"（杜甫语），需要反复推敲"两句三年得，一吟双泪流"（贾岛语）的诗。另一方面，确实有一些所谓诗人，把低俗、庸俗、粗俗、媚俗、恶俗、迎合低级趣味的作品，恶心地摆在大众眼前，引起整个社会的反感。新诗创作，仿佛进入了至暗时刻。

这样的时候，能够读到小语的诗，如一阵乡野吹来的清风，既不无病呻吟，也没有矫揉造作，无一丝脂粉气，无一丝低俗、庸俗、粗俗、媚俗、恶俗感，就是一种很纯的艺术享受。他的诗，诚如他自己所言："离泥土更近，更有真实的芬芳。"（见《同合》后记）

如此蓝湛之湖是高原的性子
你的湖一直美过春夏
你的湖把秋天揽进怀里
你的湖安静如深闺的自己
（见《黄家湾是一汪软软的湖》）

小语驻村的同合，就在黄家湾水库之上。紫云历史上一直缺水，在各级政府的支持下，近几年，紫云终于建成了一座大型水库，基本可以满足数十万紫云人的饮水和土地灌溉需求。黄家湾水库不仅实用，而且在山洼之中，一湖湛蓝的清水，倒映着群山峻岭、蓝天白云，形成同合村最美的景观。驻村期间，小语每天很早起床，来到观景台，一边吟诗，一边思考一天的工作。他的许多诗，都是在俯瞰黄家湾时构思的。

同合村，海拔一千多米，冬天来得早，常常会下冻雨，极其寒冷。但白雪皑皑，也是一道景观：

> 村里的初雪如我手中的胖菜薹
> 与嫩嫩风摆
> 号啕一个冬季
> 执念着，静等皑皑
>
> 都说瑞雪兆丰年
> 我与喂养的山雀儿纵身一跳
> 翻过村庄的除夕
> 与桃花李花油菜花一起
> 沉浸于泥土之胸膛
> 躬行，守望，争春及其他
> （见《村里的初雪》）

　　读这样的诗，我就想到了一个词：意境。小语的诗，是有意境的。王国维在《人间词话》里说："有境界，则自成高格。"这里的境界，讲的就是意境。意境，是指一种能令人感受领悟、意味无穷却又难以明确言传、具体把握的境界。它是形神情理的统一、虚实有无的协调，既生于意外，又蕴于象内，是"意"与"境"并重，强调内在的"胸膛"与外在的"景物"融合，浑然一体。王国维说"一切景语皆情语"，就是这个意思。

　　意境，是诗的灵魂。无论是古诗还是新诗，缺乏意境，就根本算不上诗。如"无边落木萧萧下，不尽长江滚滚来"，杜甫在《登高》一诗中，写的既是"万里悲秋"时节长江两岸的现实景观，也是反映自身"多病""潦倒"的悲凉身世。古诗如此，新诗也一样。舒婷的《致橡树》里有"根紧握在地下，叶相触在云里，每一阵风过，我们都互相致意"，意境表达得非常清晰。

　　可惜，现在很多写诗的人，我不能够称呼他们为诗人，因为他们大多不懂意境。他们往往只是把一段话，分成几行字，就算是在写诗了。这样的文字，有什么价值呢？

我们还是来读小语的诗吧：

如果明年的今天，这里
是三百亩荷花
峡谷是绿肥红瘦
你就可以抬着你的亭子
油纸伞，与我的蝉鸣蛙语对歌

至于小溪
因为太清澈
有鱼与否，你问鱼
我只做烈日下灼心的梦
可以培植荷花与睡莲的梦
出淤泥而不染
（见《荷花梦》）

这里，既是梦境，又是同合村第一书记心心念念想要做的事情。也许建三百亩荷花塘的计划早已拟定，因此，"灼心的梦"也就是"可以培植荷花与睡莲的梦"。

读小语的诗，我知道在紫云工作和生活的一千多天，是他梦最多的时光。他的许多诗，灵感就来自梦境。读小语的诗，我知道他深深地爱着紫云，爱着同合，爱着这块曾经贫瘠的土地，爱着这块土地上世世代代生活着的各族人民。我亲眼见到这位年纪轻轻就谢顶的"兵支书"在同合村繁忙工作的场景，也亲身感受到同合村的乡亲们对他这位外来支书的信任和关爱。读小语的诗，我还知道小语其实也还是被家庭需要着的人，上有老，下有小，孩子要中考，需要爸爸的陪伴。父母妻子，都需要小语的照顾。但是，当我亲眼看到小语在同合村所做的工作，看到那里蒸蒸日上的模样，看到村民"嘴角上翘"的样子，我真的很为小语骄傲，私心里又希望小语能在紫云多留几年，为紫云多建设一些新的"同合村"，甚至于希望在小语的努力下，让格凸河的名字回归到其历史上的名字"格井河"，并加快旅游发展，建成安顺市像龙宫、黄果树那样的景区。

希望期盼成真。

祝贺小语新著《同合》出版。

（陈家昌，文化学者、教授。生于 1952 年，贵州紫云"上海知青"，恢复高考后考入贵州大学中文系，曾先后在贵州、宁波、上海等地的高校任教，现为上海甲辰传统文化教育服务中心理事长。著有《〈论语〉导读》等二十多本专著。）